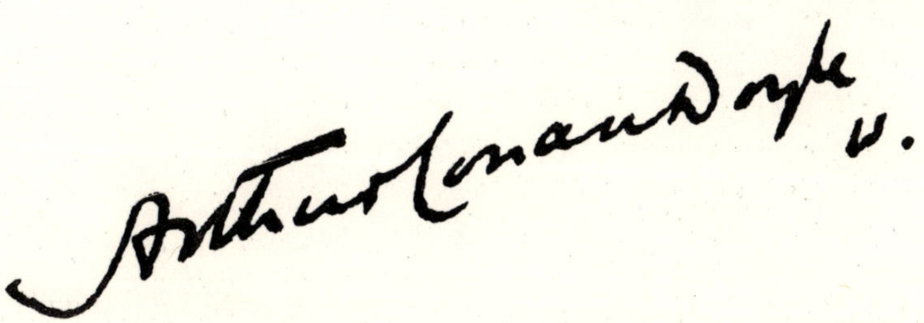
Arthur Conan Doyle

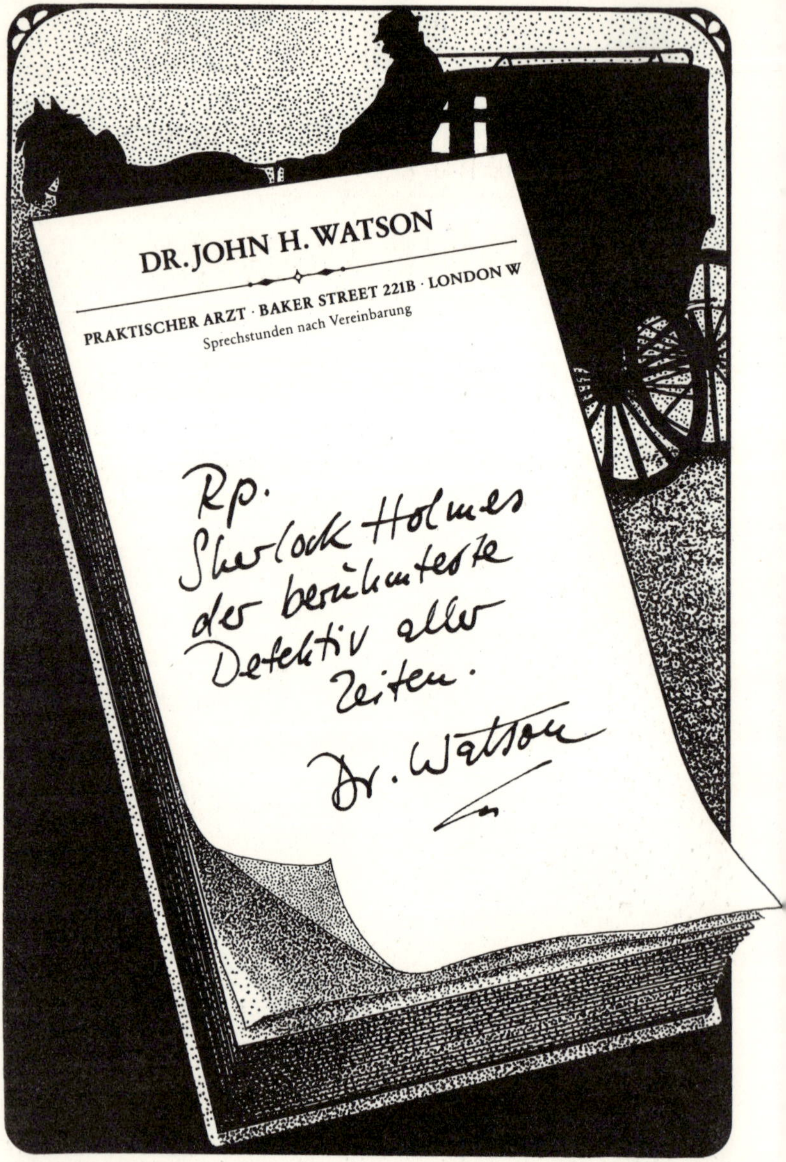
DR. JOHN H. WATSON
PRAKTISCHER ARZT · BAKER STREET 221B · LONDON W
Sprechstunden nach Vereinbarung
Rp.
Sherlock Holmes
der berühmteste
Detektiv aller
Zeiten.
Dr. Watson

Arthur Conan Doyle

Sherlock Holmes

Späte Rache

Nach dem englischen Original neu erzählt
von W. K. Weidert

1822

Franckh'sche Verlagshandlung
Stuttgart

Nach dem englischen Original neu erzählt von W. K. Weidert
Titel der englischen Ausgabe: »A Study in Scarlet«

Schutzumschlag von Aiga Rasch

CIP-Kurztitelaufnahme der Deutschen Bibliothek:

Doyle, Arthur Conan:
Sherlock Holmes, Späte Rache / Arthur Conan
Doyle. Nach d. engl. Orig. neu erzählt von
W. K. Weidert. – Stuttgart : Franckh, 1983.
Einheitssacht.: A study in scarlet ‹dt.›
ISBN 3-440-05140-4
NE: Weidert, Werner K. [Bearb.]

Franckh'sche Verlagshandlung, W. Keller & Co., Stuttgart/1983

ISBN 3-440-05140-4/ L 9sl H cs
Printed in Czechoslovakia / Imprimé en Tchécoslovaquie
Satz: Fotosatz G. Gaul, Saulgau-Bogenweiler
Gesamtherstellung durch Artia, Prag

Sherlock Holmes
Späte Rache

Zwei wichtige Herren stellen sich vor

Baker Street 221 b ist eine Adresse, die man in ganz London – nein überall in England –, ach was, in ganz Europa kennt. Warum? Nein! Nicht weil von hier aus England regiert wird. Das passiert in der Downing Street. In der Baker Street wird nicht über das Schicksal von Völkern entschieden. Aber über das Schicksal von Menschen! Hier wohnt Sherlock Holmes, der berühmte Detektiv.

Seine Hilfe suchen und finden viele. Er gewährt sie gern, denn es reizt ihn, seinen scharfen Verstand gegen das Verbrechen in jeder Form einzusetzen, gleich ob es sich um Diebstahl, Erpressung, Mord, Entführung oder anderes handelt, was sich Verbrecher zum Schaden ihrer Mitmenschen ausdenken. Und je intelligenter der Verbrecher, desto eifriger ist Holmes bei der Sache. Es sind die schwierigen Aufgaben, die ihn besonders reizen. Die Natur und eigener Fleiß haben ihn dafür mit besonderen Talenten ausgestattet: messerscharfem, analytischem Verstand, ausgezeichnetem Gedächtnis, außergewöhnlicher Beobachtungsgabe, feinstem Einfühlungsvermögen, Kombinationsfähigkeit, Liebe zum Detail, Zähigkeit, Mut und Kaltblütigkeit, Verschwiegenheit, ausgezeichneten Kenntnissen in Chemie und anderen praktischen Naturwissenschaften.

Sherlock Holmes liebt die Musik, spielt selbst Violine, ist ein unermüdlicher Arbeiter, kann aber auch ganze Tage mit Nichtstun verbringen. Er macht nicht viel Wesens von seinen Erfolgen und sagt immer: »Ich vollbringe keine Wunder, ich denke nach!« Wäre da nicht Dr. John H. Watson, der auf Grund einer Kriegsverletzung frühzeitig pensionierte Militärarzt, wir wüßten wohl nur das wenige, was seinerzeit die Zeitungen über den Mord in der Brixton Road berichteten. So aber hat Dr. Watson getreulich alles aufgeschrieben, was er an der Seite des Mannes erlebte, der ihm zum Freund werden sollte.

Die beiden wohnen übrigens auch zusammen, in der Baker Street 221 b. Das geht gut, denn ihre Temperamente ergänzen sich. Aus der anfänglichen Wohngemeinschaft ist inzwischen eine echte und tiefe Freundschaft geworden. Sherlock Holmes und Dr. Watson können sich aufeinander verlassen.

Aber noch ist es nicht soweit. Wie sich Holmes und Watson kennengelernt haben, das wird hier erzählt. Dabei gibt Holmes seinem Wohngenossen einige harte Nüsse zu knacken auf. Und noch mehr staunt Watson, als er miterlebt, wie Holmes seine Talente entfaltet und die geheimnisvollen Vorgänge in dem leerstehenden Haus in der Brixton Road enträtselt. Obwohl Jahrzehnte zurückliegend, sind sie hochaktuell, denn immerhin vermutet die Polizei einen Fememord unter politischen Flüchtlingen aus Deutschland.

Dr. Watson stützt sich übrigens im folgenden Bericht nicht nur auf sein Gedächtnis, sondern auf amtliche polizeiliche Akten. Sein Bericht ist also authentisch.

Ein folgenreiches Wiedersehen

Viel Staat war mit mir nicht mehr zu machen. Die Schulter kaputt, das Bein bei jedem Wetterwechsel aufmuckend, in der Geldtasche gerade die paar Schilling, die das Vaterland für den invaliden Militärarzt noch übrig hatte – manchmal fiel es mir schwer, in meinem gegenwärtigen Dasein einen Sinn zu finden. Verwünschtes Indien, verwünschter Krieg, der mich die Gesundheit gekostet hat. Das Hotel hier am Strand, Londons Prachtstraße, konnte ich mir im Grunde gar nicht leisten. Ich sollte dringend ein billigeres Quartier haben. Die Bar hier im »Criterion« würde mir richtig fehlen.

»He, Alter«, ertönte da eine frische Stimme in meine trüben Gedanken, »was machst du denn hier? Nett, dich mal wiederzusehen!«

Ein kräftiger Schlag auf die lädierte Schulter ließ mich schmerzlich zusammenzucken. Die Stimme kannte ich doch! Ich drehte mich um: Ja, es war Stamford, einst zusammen mit mir Assistenzarzt am Krankenhaus. Nicht daß wir seinerzeit allzuviel miteinander anzufangen gewußt hätten. Aber es freute mich doch, in der gesichtslosen Masse Londons ein bekanntes Antlitz zu entdecken.

Ich begrüßte ihn mit großer Freude. Er schaute mich aufmerksam an.

»Jetzt verrat mir bloß mal, was du die ganze Zeit getrieben hast«, meinte er dann. »Man kennt dich ja kaum wieder mit deinem gelben Gesicht und zaundürr, wie du bist!«

Ich gab ihm einen kurzen Abriß der Ereignisse, seit wir uns zum letzten Mal gesehen hatten. Daraufhin wollte er wissen, was ich jetzt vorhatte. Nun, die Frage nach meiner Zukunft hatte ich mir selbst schon allzuoft vergeblich gestellt. So antwortete ich ziemlich kurz angebunden und bewußt ausweichend: »Mir eine Wohnung suchen. Aber löse du mal das Problem, viel Platz und einigen Komfort mit geringer Miete zu kombinieren.«

Er lachte: »Das ist ja komisch. Du bist heute schon der zweite, der mir von seinen Wohnungsproblemen erzählt.«

»Und wer war der erste?«

»Ein Bekannter aus dem Krankenhaus; er arbeitet dort im Labor. Weißt du, er sucht verzweifelt jemanden, der mit ihm gemeinsam in eine Wohnung zieht. Sie ist sehr schön, für ihn allein aber zu teuer.«

»Ist das dein Ernst, Stamford, oder versuchst du nur, mir einen Bären aufzubinden?« rief ich. »Wenn dein Bekannter wirklich einen Wohngenossen sucht – ich bin gleich dabei.«

Stamford schaute mich erstaunt an: »Aber du kennst doch Sherlock Holmes noch gar nicht.«

»Und wenn schon. Ich bin allmählich so weit, daß ich fast jede Gesellschaft dem jetzigen Zustand des ständigen Alleinseins vorziehe. Natürlich, wenn du mir abrätst . . .«

»Aber keineswegs! Der Bursche hat zwar manchmal reichlich seltsame Ideen und verrennt sich gerne in irgendwelche wissenschaftlichen Probleme. Er ist aber sonst nicht unrecht.«

»Studiert er vielleicht Medizin?«

»Nein. Aber was er wirklich tut und womit er sein Geld verdient, kann ich auch nicht sagen. Er scheint ausgezeichnete Kenntnisse in Anatomie zu besitzen und ist ein ausgezeichneter Chemiker, hat aber, so viel ich weiß, kein Studium absolviert. Ständig ist er mit irgendwelchen ausgefallenen Dingen beschäftigt. Das Spezialwissen, das er sich auf diese Weise angeeignet hat, hat schon manchen Professor in Verlegenheit gebracht.«

»Ja, hast du ihn denn nie gefragt, was er macht?«

»Ich hab's gar nicht erst versucht, denn er läßt sich von niemandem in die Karten schauen. Trotzdem kann er sehr unterhaltsam sein, wenn ihm der Sinn danach steht.«

»Das hört sich nicht schlecht an. Ein arbeitsamer und ruhiger Wohngenosse käme mir gerade recht. Aufregung und Unruhe fühle ich mich gesundheitlich nicht gewachsen. Außerdem habe ich davon in Afghanistan und Indien so viel gehabt, daß es mir für den Rest des Lebens reicht. Sag mal, wo kann ich diesen Holmes denn kennenlernen?«

»Wahrscheinlich ist er noch im Labor«, antwortete Stamford. »Wenn er mal dort ist, arbeitet er Tag und Nacht. Dafür bleibt er dann wieder wochenlang weg. Am besten gehen wir gleich hin. Was hältst du davon?«

»Ich bin dabei!«

Auf dem Weg zum Krankenhaus fing Stamford noch einmal an: »Mein lieber Watson, mach mir aber später keine Vorwürfe, wenn du mit dem Mann nicht zurechtkommst. Ich kenne ihn wirklich nur aus ein paar kurzen Gesprächen. Es ist deine Idee, mit ihm eine Wohnung zu teilen.«

»Wer sagt denn, daß wir zusammenpassen müssen? Aber hast du mir irgend etwas verheimlicht? Was ist denn so schrecklich an dem Burschen? Heraus damit!«

Er lachte: »So einfach läßt sich das nicht in Worte fassen. Holmes ist mir ein bißchen zu wissenschaftlich. Sein Forscherdrang hat etwas Unmenschliches. Ich glaube, er brächte es fertig, seinem besten Freund das neueste Pflanzengift zu geben – nicht, weil er ihm was antun will, nein, nur weil er die Wirkungen studieren möchte. Doch ich will nicht ungerecht sein, wahrscheinlich würde er genauso wenig Bedenken haben, das Gift selbst zu nehmen. Sein Drang, alles ganz genau zu wissen, ist eine wahre Sucht.«

»Das soll mich nicht stören.«

»Auch wenn er untersucht, ob man einem Toten blaue Flecken zufügen kann?«

»Also studiert er doch Medizin?«

»Nein, bestimmt nicht. Weiß der Himmel, was er studiert. Doch wir sind da. Vielleicht kriegst du es ja heraus?«

Im großen Labor mit seinen zahllosen Flaschen, Retorten,

Reagenzgläschen, Bunsenbrennern usw. auf den langen Tischen war niemand zu sehen. Nein, doch nicht, denn ganz hinten beugte sich jemand über eine Versuchsanordnung. Beim Klang unserer Schritte drehte sich der Mann um, sprang auf und kam uns freudestrahlend entgegen, wobei er ein Reagenzgläschen schwenkte.

»Ich hab's, ich hab's«, rief er. »Hier ist das Mittel, mit dem sich Hämoglobin absolut sicher nachweisen läßt.«

Er tat gerade so, als hätte er den Stein der Weisen entdeckt. Stamford machte uns bekannt.

»Freut mich, Sie kennenzulernen, Dr. Watson«, sagte Holmes und quetschte meine Hand mit einer Kraft, die ich ihm gar nicht zugetraut hätte.

»Sie kommen aus Indien?«

»Woher wissen Sie das?« Ich war sehr erstaunt.

»Ach, das ist nicht weiter wichtig«, lachte er. »Wichtig ist im Moment nur dieser Hämoglobinnachweis. Es ist Ihnen doch klar, was das bedeutet?«

»Hm, sicher eine sehr interessante Reaktion. Aber praktisch . . .«

»Mann, kein aber! Das ist die seit Jahren wichtigste Entdekkung in der Gerichtsmedizin. Begreifen Sie doch, damit lassen sich Blutflecken unfehlbar nachweisen. Überzeugen Sie sich selbst!«

Er zog mich zum Labortisch.

»Wir vermengen etwas Blut mit einem Liter Wasser.« Während er so dozierte, stach er sich mit einer Nadel in den Finger, nahm den herausquellenden Tropfen Blut mit einer Pipette auf und brachte ihn in ein wassergefülltes großes Glasgefäß.

»Sehen Sie«, meinte er dann, »ein bißchen umgerührt und Sie bemerken keine Spur mehr vom Blut. Das Verhältnis von Blut zu Wasser dürfte etwa eins zu einer Million sein. Trotzdem sollte die charakteristische Reaktion stattfinden.« Er warf ein paar weiße Kristalle ins Wasser und gab zwei oder drei Tropfen einer farblosen Flüssigkeit zu. Daraufhin wurde das Wasser sofort braun, und am Boden des Gefäßes bildete sich ein leichter dunkler Niederschlag.

»Bravo, bravo!« applaudierte er sich selber und strahlte den gelungenen Versuch an, wie ein Kind ein neues Spielzeug. »Wie finden Sie das?«

»Nicht schlecht«, sagte ich lahm.

»Das ist phantastisch! Bedenken Sie doch, bisher gab es keinerlei sicheren chemischen Nachweis für Blut. Und auch das Mikroskop nützt nichts, wenn die Flecken schon älter sind. Mein Test aber funktioniert immer. Hätte man ihn schon früher gehabt, würden viel weniger Verbrecher frei herumlaufen.«

»Scheint so«, murmelte ich.

»Überlegen Sie doch mal, wie oft der Nachweis eines Verbrechens mit diesem Punkt steht und fällt. Da gerät Monate nach der Tat jemand in Verdacht. Man untersucht seine Kleidung und findet dunkelbraune Flecken. Was hat sie verursacht? Schmutz, Blut, Rost, Obstsaft oder was? An dieser Frage ist schon mehr als ein Experte gescheitert. Und warum? Weil es keine Möglichkeit gab, mit Sicherheit Blut nachzuweisen. Aber damit ist jetzt Schluß, jetzt gibt es den Sherlock-Holmes-Nachweis.«

Er strahlte und klopfte sich begeistert mit der flachen Hand auf die stolz gewölbte Brust.

»Dann darf man Ihnen also gratulieren«, sagte ich, einigermaßen erstaunt über seine unmäßige Freude.

»Denken Sie doch nur an den Fall Bischoff, letztes Jahr in Frankfurt. Mit meinem Test wäre der Mann überführt worden. Und genauso Mason in Bradford oder der berüchtigte Muller oder Lefèvre in Montpellier und Samson aus New Orleans. Stundenlang könnte ich Ihnen Fälle aufzählen, die man mit meiner Methode geklärt hätte.«

»Mann, Holmes, Sie sind ja das wandelnde Verbrecherlexikon«, lachte Stamford. »Sie sollten ein Buch über Ihre Erkenntnisse schreiben, vielleicht unter dem Titel ›Polizeibericht aus der Vergangenheit‹.«

»Es wäre ein fesselnder Bericht«, sagte Holmes zustimmend und verpflasterte seinen Finger. »Wissen Sie«, lächelnd hielt er den Finger hoch, »ich muß mich ein bißchen in acht nehmen bei den vielen giftigen Substanzen, mit denen ich umgehe.«
Die Hand war an mehr als einer Stelle mit Pflastern verziert und von ätzenden Flüssigkeiten verfärbt.
»Wir sind in Geschäften hier«, sagte Stamford, ließ sich auf einem der hohen dreibeinigen Hocker nieder und schob einen zweiten mit dem Fuß in meine Richtung. »Mein Freund hier sucht eine Wohnung, und Sie suchen einen Partner. Da dachte ich mir, ich sollte Sie beide zusammenbringen.«
Sherlock Holmes schien nicht abgeneigt, mich als Wohnungsgenossen in Erwägung zu ziehen: »Die Wohnung, die ich im Auge habe, liegt in der Baker Street. Sie hat gerade die richtige Größe für zwei Junggesellen. Allerdings, an Tabakrauch dürfen Sie sich nicht stören.«
»Ich bin selbst ein starker Raucher«, beruhigte ich ihn.
»Wunderbar. Nur, bei mir stehen immer Chemikalien herum, und ich experimentiere häufig.«
»Von mir aus.«
»Und dann – mal überlegen, was ich noch für Fehler habe. Ja, ich bin gelegentlich tagelang unansprechbar. Das hat nichts mit schlechter Laune zu tun. Man muß mich nur in Ruhe lassen; das gibt sich von selbst wieder. Aber wie sieht's bei Ihnen aus? Wissen Sie, wenn man gemeinsam in eine Wohnung ziehen will, sollte man auch die unangenehmen Eigenschaften des anderen kennen.«
Seine Selbstdarstellung amüsierte mich, und ich gab lachend zur Antwort: »Ich habe eine junge Bulldogge und bin sehr lärmempfindlich, denn meine Nerven sind nicht im besten Zustand. Weiter stehe ich zu völlig unregelmäßigen Zeiten auf und bin entsetzlich faul. Das sind dann allerdings schon alle meine Untugenden, mindestens die, die mir im Moment einfallen.«
»Zählt Violinspiel für Sie zum Lärm?« Er fragte ganz ängstlich.
»Das hängt davon ab, wer spielt«, gab ich zur Antwort. »Gutes

Violinspiel kann ein Ohrenschmaus sein, aber, wenn da einer so herumkratzt . . .«

»Da brauchen Sie keine Angst zu haben«, unterbrach er mich lachend. »Also abgemacht dann – das heißt, wenn Ihnen die Wohnung zusagt.«

»Wann schauen wir sie uns an?«

»Ich schlage vor, daß wir uns morgen mittag treffen, hingehen und alles festmachen.«

»In Ordnung, pünktlich um zwölf Uhr«, sagte ich und gab ihm die Hand. Er wandte sich wieder seinen Retorten und Reagenzgläschen zu.

Auf dem Weg zurück ins Hotel fiel es mir plötzlich wieder ein: »Wie zum Kuckuck, Stamford, konnte er wissen, daß ich in Indien war?«

Mein Freund lächelte, wie mir schien, etwas spöttisch: »Es gibt eine Menge Leute, die gerne wüßten, wie er immer alles herausbekommt. Aber er hat das Geheimnis bis jetzt noch nicht gelüftet.«

»Ein Geheimnis?« freute ich mich. »Das ist genau das richtige für mich. Ich bin dir wirklich sehr dankbar, daß du uns zusammengebracht hast. Du weißt ja, es gibt nichts Interessanteres als das Studium der Menschen.«

»Na, dann viel Vergnügen bei diesem Studium«, waren Stamfords Abschiedsworte. »Holmes wird dir einige Rätsel aufgeben. Ich wette, daß er in kürzester Zeit weit mehr von dir weiß als du von ihm. Mach's gut!«

»Adieu«, antwortete ich und trollte mich in mein Hotel.

Beobachten, analysieren und folgern

Baker Street 221 b bot zwei komfortable Schlafzimmer sowie ein geräumiges Wohnzimmer mit anheimelnden Möbeln und zwei großen Fenstern. Schöner und passender konnten wir uns unsere Bleibe gar nicht wünschen. Auch die Miete war, teilte man sie durch zwei, erschwinglich. So machten wir den Handel gleich perfekt. Noch vor Abend räumte ich mein Zimmer im Hotel und zog in der Baker Street ein. Sherlock Holmes folgte am nächsten Morgen mit diversen Schachteln und Koffern. Die nächsten Tage waren wir beschäftigt, uns einzurichten und alles zu verstauen.

Das Zusammenleben mit Holmes gestaltete sich unkompliziert. Er war ein ruhiger Mensch mit festen Gewohnheiten. Selten blieb er länger als bis zehn Uhr am Abend auf und hatte immer schon gefrühstückt und das Haus verlassen, wenn ich aufstand. Er verbrachte den Tag entweder im Labor oder im Seziersaal. Auch machte er lange Spaziergänge, die ihn offensichtlich in die dunkelsten Viertel Londons führten. Er war wie besessen von seiner Arbeit, seine Energie schien unerschöpflich. Doch ab und zu dann, zwischendrin, gab es Zeiten, da lag er von morgens bis abends auf dem Sofa im Wohnzimmer und gab kein einziges Wort von sich. So ausdauernd starrte er dabei träumend ins Leere, daß man hätte glauben können, er stünde unter Rauschgift. Doch ich kannte ihn inzwischen gut genug, um diese Möglichkeit auszuschließen.

Je mehr Zeit verging, desto stärker wurde meine Anteilnahme an ihm und mein Interesse für sein Tun und Lassen. Schon rein äußerlich war er ein auffallender Mensch. Extrem hager wirkte er um einiges größer als seine 1,80 m. Der scharfe, durchdringende Blick und die hochrückige, raubvogelartig gekrümmte Nase verliehen ihm etwas Entschlossen-Zupackendes. Auch das betonte, kantige Kinn sprach für einen Mann, der wußte, was er wollte, und der sich einiges zutraute. Die schmalen Hände mit ihren langen Fingern scheuten, wie die vielen Spuren bewiesen, keine Arbeit und sei sie noch so schmutzig oder schwer. Diese Hände konnten aber auch unendlich feinfühlig sein, wie ich oft genug beobachtete, wenn er mit seinen wissenschaftlichen Instrumenten hantierte. Alles an diesem Mann war dazu angetan, meine Neugierde in höchstem Grade zu erregen. Doch er tat nichts, um sie zu befriedigen, war in allem, was ihn selbst betraf, zugeknöpft bis oben hin. Und ich hatte ja endlose Zeit, mich mit ihm zu beschäftigen.

Viel ausgehen konnte ich nicht, dazu war mein Gesundheitszustand zu schlecht, und Freunde, die mich besucht hätten, gab es auch nicht. So kreisten meine Gedanken immer wieder um meinen geheimnisvollen Wohngenossen.

Medizin studierte er nicht. Das hatte er, als ich eine entsprechende Bemerkung machte, entschieden verneint. Andererseits konnte ich in dem, womit er sich beschäftigte, keinerlei System erkennen. Mal studierte er dieses und mal jenes mit Feuereifer und wartete mit unglaublichen Kenntnissen auf. Was aber war das Ziel all dieser Anstrengungen? Man kann doch nicht aus den unterschiedlichsten, beliebig zusammengesuchten Bausteinen ein ordentliches Gebäude errichten. Was also trieb diesen Mann an, wofür nahm er all diese Anstrengungen auf sich?

Glänzte Holmes auf bestimmten Gebieten mit einem unglaublichen Wissen, so waren auf anderen seine Lücken mindestens ebenso groß. Von Gegenwartsliteratur, Philosophie und Politik hatte er so gut wie keine Ahnung. Er wußte noch nicht einmal, wer Thomas Carlyle war. Das konnte man ihm vielleicht noch nachsehen, moderne Dichtung ist nicht jedermanns Sache. Aber, daß ihm Kopernikus nichts als ein Name war und er noch nie gehört hatte, daß sich die Erde um die Sonne dreht,

das ging mir denn dann doch über die Hutschnur. So etwas konnte und durfte es doch in einem zivilisierten Land am Ende des 19. Jahrhunderts einfach nicht geben.
Als ich ihm das sagte, grinste er nur und meinte: »Ich will das Planetenzeugs gar nicht wissen und werde es so schnell wie möglich wieder vergessen.«
»Vergessen?«
»Aber ja doch. Sehen Sie, der Verstand eines Menschen ist wie eine leere Stube, die möbliert sein will. Ein Narr stopft alles hinein, was ihm unter die Finger kommt. Wenn er dann etwas sucht, findet er es nicht. Bestenfalls verwechselt er es mit etwas anderem und bringt damit erst recht alles durcheinander. Der Gescheite dagegen, wählt sorgfältig aus, was er in seine Stube stellt. In seiner Stube findet man nur Dinge, die ihm bei seiner Tätigkeit helfen. Und von diesen Dingen beschafft er sich eine große, mustergültig geordnete Auswahl. Es ist nämlich ein Irrtum zu glauben, dieses kleine Stübchen wäre unbeschränkt dehnfähig. Allzubald kommt der Zeitpunkt, wo man jedes neue Stückchen Wissen mit dem Vergessen eines Stückchens des alten Wissens bezahlen muß. Man muß sich davor hüten, daß Nützliches von Unnützem verdrängt wird.«
»Aber, daß sich die Erde um die Sonne dreht ...«
»Schert mich einen Pfifferling!« unterbrach er mich brüsk. »Von mir aus mag sie sich um den Mond drehen – für meine Arbeit ist das ohne jede Bedeutung.«
Gern hätte ich ihn in diesem Moment nach seiner Arbeit gefragt, aber er ließ zu deutlich spüren, daß er das Gespräch zu beenden wünschte. So versuchte ich, aus dem, was er bisher preisgegeben hatte, meine eigenen Schlüsse zu ziehen. Wenn er, wie er sagte, sich nur mit Dingen beschäftigte, die ihm für seine Arbeit nützlich waren, mußte man aus seinen Kenntnissen auf den verschiedenen Gebieten auf seine Arbeit schließen können. Ich nahm Tinte, Feder und Papier und machte mir eine Liste:

Gebiet	Kenntnisse
Literatur	Keine
Philosophie	Keine
Astronomie	Keine
Politik	Schwach
Botanik	Sehr unterschiedlich; weiß ausgezeichnet Bescheid über Gifte aller Art und Belladonna; keinerlei Kenntnisse in praktischer Gartenarbeit.
Geologie	Beschränkt praktische Kenntnisse; versteht es ausgezeichnet, Erde bzw. Böden zu unterscheiden; sagt mir anhand von Schmutzspuren an meinen Schuhen, in welchem Teil Londons ich war.
Chemie	Ausgezeichnet
Anatomie	Sehr gut, aber lückenhaft.
Geschichte des Verbrechens	Phantastisch; scheint jedes Detail jeder Horrorgeschichte unseres Jahrhunderts zu kennen.
Musik	Spielt ausgezeichnet Violine und komponiert auch selbst.
Sport	Boxen und Fechten sehr gut.
Gesetzeskunde	Sehr gut in Strafrecht und bürgerlichem Recht.

Als ich soweit gekommen war, gab ich auf, knüllte meine Liste ärgerlich zusammen und warf sie ins Kaminfeuer. Den Beruf, der alle diese speziellen Kenntnisse vereinte, den gab es nicht. Noch ein Wort zu seinen musischen Talenten. Er spielte, wie bereits bemerkt, ausgezeichnet Violine, auch die schwierigsten Stücke, wenn ich ihn darum bat. Für gewöhnlich aber saß er in seinem Stuhl, das Instrument im Arm und entlockte ihm zusammenhanglose Töne und Akkorde, mal heiter, mal ernst und schwermütig, entsprechend seiner jeweiligen Stimmung. Nie konnte ich eindeutig entscheiden, ob die Töne den Gedanken folgten oder umgekehrt die Gedanken den Tönen. Hätte Holmes nicht zum versöhnlichen Ausklang seiner Fantasien das eine oder andere meiner Lieblingsstücke gespielt, ich hätte mir seine Kratzerei doch strikt verbeten.

Zunächst schien es, als besitze Holmes genauso wenig Bekannte wie ich. Doch der besuchslose Zustand der ersten Wochen hielt nicht an. Bald kamen die unterschiedlichsten Besucher. Drei- oder viermal in der Woche erschien ein gewisser Lestrade, ein mittelgroßer untersetzter Mann mit dem Gesicht einer Bulldogge. Eines Morgens kam eine junge, gut gekleidete Frau und blieb eine halbe Stunde. Am Nachmittag desselben Tages fand sich ein grauhaariger, schäbig gekleideter Mann ein, anscheinend ein Hausierer; er war fürchterlich aufgeregt. Ihm fast auf den Fersen folgte ein schlampiges altes Weib. Ein andermal hatte ein alter weißhaariger Mann eine lange Unterredung mit meinem Wohnungsgenossen, und dann wieder ein uniformierter Gepäckträger vom Bahnhof.

Immer, wenn eine solche Figur auftauchte, bat mich Holmes, das Wohnzimmer zu räumen, und ich zog mich in mein Schlafzimmer zurück. Er entschuldigte sich regelmäßig für die Unbequemlichkeit, die er mir damit bereitete: »Es geht nicht anders«, meinte er, »ich muß das Zimmer von Zeit zu Zeit als Büro benutzen und meine Kunden empfangen.«

Wieder ließ ich die Gelegenheit, ihn nach seinem Beruf zu fragen, vorübergehen. Aber ich mochte mich einfach nicht in sein Vertrauen drängen. Er hatte sicher seine guten Gründe, nichts darüber verlauten zu lassen.

Am 4. März, ich erinnere mich noch sehr gut daran, stand ich früher auf als gewöhnlich. Holmes saß beim Frühstück. Für mich hatte die Haushälterin noch gar nicht gedeckt. Unvernünftigerweise gereizt, daß mein Kaffee noch nicht auf dem Tisch stand, klingelte ich heftig und griff dann nach einer Zeitschrift auf dem Tisch, um mir die Wartezeit mit Lesen zu verkürzen. Holmes mampfte indessen unverdrossen seinen Toast. Ein Artikel war angestrichen; ich begann zu lesen. Unter der

großmäuligen Überschrift ›Aus dem Leben lesen wie aus einem Buch‹ verbreitete sich irgendein Schreiberling, wieviel doch ein aufmerksamer Mensch allein aus der genauen und systematischen Beobachtung seiner Umwelt erkennen könne. Ich fand die Idee einerseits albern und andererseits faszinierend. Die Argumentation des Verfassers war unangreifbar, die Argumente allerdings abwegig und sehr weit hergeholt. Noch zu den erträglicheren gehörte die Behauptung, daß man aus dem Gesichtsausdruck eines Menschen, aus einem Muskelzucken, einem Blick usw. seine verborgensten Gedanken lesen könne. Es hieß dann weiter, einer, der in Beobachtung und Analyse geübt sei, könne sich gar nicht täuschen. Er brauche sich noch nicht einmal besonders anzustrengen, müsse praktisch nur zwei und zwei zusammenzählen. So perfekt würde das funktionieren, daß jeder Uneingeweihte an Zauberei glauben müsse.
Aber dann kam es ganz dick: Der logisch Denkende könne, hieß es da, aus einem Tropfen Wasser schließen, daß es einen Atlantik oder die Niagarafälle geben müsse. Er brauche sie dazu weder gesehen noch davon gehört zu haben. Alles Leben auf der Erde bilde eine große Kette; man könne aus jedem einzelnen Glied auf die ganze Kette schließen. Allerdings gelte, wie für alle Wissenschaften, auch für die Wissenschaft der Analyse und Schlußfolgerung, daß man sie sich nur in einem langen und geduldigen Studium aneignen könne. Um es zur Perfektion zu bringen, reiche die Lebensspanne eines Menschen nicht aus. Wer diese Wissenschaft betreiben wolle, müsse mit einfachen Übungen beginnen. Beispielsweise einen Mitmenschen genau beobachten und dann aus der Beobachtung die Lebensgeschichte und den Beruf dieses Menschen ableiten. Es sei dies eine einfache Aufgabe. Doch sie sei geeignet, die Beobachtungsgabe zu schärfen, und könne das Wie und Was der Beobachtung lehren. Wichtig seien beispielsweise die Fingernägel, die Jackenärmel, die Stiefel, die Hosenknie, der Zustand der Haut von Daumen und Zeigefinger, der Gesichtsausdruck, die Hemdmanschetten – das alles könne den Beruf verraten. Es sei

unmöglich, daß ein fähiger Beobachter fehlgehe, wenn er alle diese Beobachtungen kombiniere.

»Was für ein Blödsinn!« rief ich und knallte das Magazin auf den Tisch. »Ich habe noch nie so ein albernes Geschwätz gelesen.«

»Was meinen Sie denn?« fragte Sherlock Holmes.

»Ach, den Artikel in der Zeitschrift, den Sie angestrichen haben. Offensichtlich haben Sie ihn auch gelesen. Er ist recht flott geschrieben, wahrscheinlich von so einem Stubenhocker, der nichts Besseres zu tun hat, als sich die dümmsten Sachen auszudenken, die in Wirklichkeit nie funktionieren. Der soll nur mal versuchen, in der dritten Klasse in der U-Bahn von jedem Mitreisenden den Beruf zu erraten. Ich wette tausend zu eins, daß er das nicht schafft.«

»Die Wette würden Sie verlieren«, sagte Holmes ganz ruhig. »Den Artikel habe übrigens ich geschrieben.«

»Was? Sie!«

»Allerdings. Beobachtung und Schlußfolgerung sind meine besondere Stärke. Was ich in dem Artikel schreibe, funktioniert in der Praxis ganz ausgezeichnet, und wenn es Ihnen noch so verstiegen erscheint. Es funktioniert sogar so gut, daß ich mir damit meinen Lebensunterhalt verdienen kann.«

»Ehrlich?« Ich war beeindruckt.

»Schätzungsweise gibt es auf der ganzen Welt keinen zweiten mit meinem Beruf. Ich bin beratender Detektiv, wenn Sie sich darunter etwas vorstellen können. Hier in London laufen massenhaft von der Regierung bestellte und private Detektive herum. Wenn die nicht weiter wissen, kommen sie zu mir. Für gewöhnlich kann ich ihnen dann aufgrund meiner intimen Kenntnisse des Verbrechens den entscheidenden Tip geben. Wenn man die Daten von tausend Verbrechen im Kopf hat, müßte es mit dem Teufel zugehen, wenn man nicht das tausendunderste lösen könnte, denn so sehr unterscheiden sich Verbrechen gar nicht voneinander. Lestrade ist einer von diesen Detektiven. Neulich, als er hier war, ging es um Falschmünzerei.«

»Und die anderen, sind das auch Leute, die Sie beraten?«
»Die schicken mir meist Privatdetekteien. Die Leute stecken in irgendwelchen Schwierigkeiten. Ich höre mir ihre Kümmernisse und Probleme an, berate und mache Lösungsvorschläge und kriege dafür ein Honorar.«
»Heißt das, daß Sie, ohne dieses Zimmer hier zu verlassen, Kriminalfälle lösen, die andere nicht aufklären können, obwohl sie den Ort und die Umstände aus eigener Anschauung kennen?«
»Richtig. Ich mache das ziemlich intuitiv. Hin und wieder ist ein Fall etwas schwieriger. Dann muß ich an den Ort des Geschehens und mir alles anschauen. Sehr hilfreich sind mir dabei meine vielfältigen Spezialkenntnisse. Besonders die Kunst der Schlußfolgerung, über die Sie sich so lustig machten, bewährt sich in der praktischen Arbeit. Genauestes Beobachten ist mir zur zweiten Natur geworden. Erinnern Sie sich? Als wir uns das erste Mal trafen, erzählte ich Ihnen, Sie kämen aus Indien.«
»Das haben Sie von jemandem gehört.«
»Unsinn! Dieses Wissen war ganz und gar ein Eigenprodukt. Ich bin im Erkennen solcher Dinge so trainiert, daß das Folgern aus den Beobachtungen gar nicht mehr ein bewußter Akt ist; das geht schon ganz automatisch und blitzschnell. Aber wenn es Sie interessiert, sage ich Ihnen gerne, wie ich zu meinem Schluß kam: Da war ein Mann, ein Arzttyp mit militärischem Gehabe, also schätzungsweise ein Militärarzt. Sein Gesicht war dunkel, sonnenverbrannt, die Haut an den Handgelenken aber weiß: der Mann war in den Tropen. Das hagere Gesicht war von Krankheit gezeichnet. Arme und Beine sind in den Bewegungen beeinträchtigt. In welchen tropischen Gebieten kann sich ein Militärarzt Krankheit und Verwundung geholt haben? Nur in Indien. Diese Überlegungen nahmen noch nicht einmal eine Sekunde in Anspruch. Kein Wunder, daß Sie erstaunt sein mußten.«
»Scheint einfach genug, jetzt wo Sie es erklärt haben. Sie erinnern mich ein bißchen an Edgar Allen Poes Dupin. Ich dachte immer, so etwas gäbe es nur in Büchern.« Ich lachte.

Sherlock Holmes stand auf und zündete seine Pfeife an.

»Mich mit Dupin zu vergleichen ist kein Kompliment. Dieser miese Bursche mit seinem ebenso miesen Trick, ganz nebenher hinterhältige Fragen zu stellen. Ich will ihm nicht jedes analytische Talent absprechen. Aber er war längst nicht das Genie, als das Poe ihn hinstellt.«

»Kennen Sie Gaboriaus Werke? Entspricht Lecoq Ihrer Vorstellung vom Detektiv?«

Sherlock Holmes schnaubte verächtlich: »Lecoq war ein ganz erbärmlicher Stümper. Das einzige, was ihn auszeichnete, war seine Energie. Die Lektüre seiner Taten hat mich richtig krank gemacht. Er sollte einen unbekannten Gefangenen identifizieren. Ich hätte das in vierundzwanzig Stunden geschafft. Lecoq brauchte dazu an die sechs Monate! Man sollte ein Handbuch für Detektive schreiben, damit diese Burschen wissen, was sie zu tun haben.«

Es paßte mir gar nicht, wie er die beiden Figuren, die ich immer bewundert hatte, heruntermachte. Ich stand auf, trat ans Fenster und schaute auf die belebte Straße. Mein guter Holmes mag ja ganz tüchtig sein, sagte ich zu mir, aber er ist doch unerträglich eingebildet.

»Wenn es wenigstens noch Verbrecher und Verbrechen gäbe«, sagte Holmes mißmutig. »Verstand ist doch gar nicht mehr gefragt in meinem Beruf. Ich weiß, daß ich berühmt werden könnte. Es gab und gibt keinen Menschen, der die gleiche Menge von Kenntnissen und das gleiche Talent zur Aufdeckung von Verbrechen mitbringt. Und was habe ich davon? Die Verbrecher sind ausgestorben. Nur noch Schurken laufen herum, die so doof sind, daß sogar die Detektive von Scotland Yard hinter ihre Verbrechen kommen.«

Ich kochte vor Ärger über diese Anmaßung und beschloß, das Thema zu wechseln.

»Was wohl der Bursche da sucht?« sagte ich und zeigte auf einen stämmigen, einfach gekleideten Mann, der langsam auf der anderen Straßenseite entlanglief und die Hausnummern stu-

dierte. In der Hand hielt er einen blauen Umschlag; es mochte sich also wohl um einen Boten handeln.
»Meinen Sie den ausgedienten Marinesergeant da drüben?« sagte Holmes.
Das ist unfair, dachte ich bei mir. Er weiß doch genau, daß ich seine Behauptung nicht widerlegen kann. Der Mann war inzwischen auf Höhe unseres Hauses angelangt, las die Nummer und steuerte schnurstracks über die Straße auf die Haustür zu. Man hörte Klopfen, eine tiefe Stimme fragte irgend etwas, und dann kamen Schritte die Treppe herauf.
Die Tür ging auf. »Für Mr. Sherlock Holmes«, sagte der Bote.
Holmes nahm den Umschlag entgegen.
Das war meine Gelegenheit, dem Angeber eins auszuwischen. Denn als er seine Behauptung aufstellte, hatte er ja noch nicht gewußt, daß der Mann zu uns kommen würde. So wandte ich mich leutselig an den Boten: »Darf man fragen, guter Mann, welchen Beruf Sie haben?«
»Dienstmann«, knurrte er. »Uniform wird gerade geflickt.«
»Und Sie sind immer Dienstmann gewesen!« Ironisch lächelnd blickte ich meinen Wohngenossen an.
»War vorher Sergeant bei der Marineinfanterie, Sir.« – Und dann mit einem fragenden Blick auf Holmes: »Keine Antwort? – In Ordnung, Sir.«
Er schlug die Hacken zusammen, grüßte militärisch und ging.

Das Rätsel in der Brixton Road

Ich muß gestehen, dieser erfolgreiche ›Praxistest‹ von Holmes' Theorien hatte mich ungemein beeindruckt. Seine Gabe, aus Beobachtungen richtig zu folgern, grenzte wirklich ans Wunderbare. Allerdings, es konnte natürlich auch ein abgekartetes Spiel gewesen sein. Nur, daß ich dafür keinen rechten Anlaß sah.

Holmes hatte inzwischen seinen Brief gelesen und starrte ausdruckslos ins Leere, wie man das gerne tut, wenn man sich stark auf etwas konzentriert.

»Wie um alles in der Welt haben Sie das diesmal herausgebracht?« fragte ich.

»Was herausgebracht?« fragte er unwillig.

»Na, das mit dem Sergeant!«

»Ach, lassen Sie mich doch mit Ihrem Sergeanten zufrieden!« fauchte er mich an. Dann allerdings kam ihm zu Bewußtsein, was er gesagt hatte. Er lächelte entschuldigend: »Tut mir leid, daß ich Ihnen so über den Mund fuhr. Aber Sie haben mich beim Nachdenken gestört. Na ja, macht nichts. – Sie erkannten also nicht, daß der Bote früher Marinesergeant gewesen war?«

»Nein, wirklich nicht.«

»Das Erkennen war leichter als die Erklärung. Es ist gerade so, als sollten Sie jemand verständlich machen, warum zwei und zwei vier ist. Schon als der Mann auf der anderen Straßenseite entlanglief, sah man den eintätowierten blauen Anker auf dem Handrücken. Das roch nach See. Die Haltung war die eines Soldaten und der Backenbart ganz marinegerecht. Sein ganzes Gehaben verriet den selbstbewußten, befehlsgewohnten

Mann. Es muß Ihnen doch aufgefallen sein, wie er den Kopf hielt und sein Stöckchen schwang. Er konnte nur Sergeant gewesen sein.«

»Fantastisch«, rief ich.

»Nicht der Rede wert«, war seine Erwiderung. Doch man sah überdeutlich, daß ihm meine Bewunderung sehr gefiel.

»Wie's aussieht, habe ich mich getäuscht, und das wahre Verbrechen ist doch nicht ausgestorben. Da, lesen Sie!« Er reichte mir den Brief.

»Das ist ja fürchterlich«, rief ich, als ich den Brief überflogen hatte.

»Scheint tatsächlich ein bißchen vom gängigen Schema abzuweichen, die Sache«, untertrieb Holmes. »Aber lassen Sie noch einmal hören.«

Ich las laut:

»Sehr geehrter Mr. Holmes,
in der vergangenen Nacht wurde durch einen unserer Leute in der Brixton Road Nummer 3 eine rätselhafte Sache entdeckt. Ein Polizist auf Streife sah ein Licht, und weil er wußte, daß das Haus leerstand, ging er nachschauen. Die Haustür war offen, und in dem einen Zimmer lag ein Toter. Bei dem gutgekleideten Mann fand sich eine Visitenkarte auf den Namen Enoch J. Drebber, Cleveland, Ohio, USA. Er wurde nicht beraubt; die Todesursache ist unbekannt. Blutspuren fanden sich zwar im Zimmer, aber nicht an der Leiche. Wir stehen vor einem Rätsel. Ich bin bis zwölf Uhr am Tatort und würde mich freuen, wenn Sie vorbeikommen könnten. Bis dahin lassen wir alles so, wie es ist. Sollten Sie nicht erscheinen können, gebe ich Ihnen gerne jede gewünschte Einzelheit, denn ich lege großen Wert auf Ihre Beurteilung des Falles.
Ihr sehr ergebener
Tobias Gregson.«

»Dieser Gregson ist noch der tüchtigste unter den Burschen von Scotland Yard«, sagte Holmes gönnerhaft. »Er und Lestrade sind immer schnell zur Stelle und zeigen viel Tatkraft; aber in ihren Methoden sind sie unbelehrbar konventionell. Sie können einander nicht riechen, jeder ist auf den anderen eifersüchtig. Wenn sich beide mit dem Fall befassen, könnte es lustig werden.«

Ich konnte nicht begreifen, daß er die Sache so gelassen nahm.

»Sie dürfen keine Minute verlieren!« rief ich. »Ich hole Ihnen eine Droschke!«

»Ach, lassen Sie nur. Ich weiß noch gar nicht, ob ich mich überhaupt mit der Sache befassen soll. Im Moment habe ich zu gar nichts Lust.«

»Das ist doch die Gelegenheit, auf die Sie gewartet haben?«

»Und wenn schon! Was glauben Sie denn, wer den Lohn einsteckt, wenn ich den Fall löse? Natürlich Gregson, Lestrade und Genossen. Ich bin ja schließlich kein staatlich angestellter Verbrechensfahnder.«

»Aber man bittet um Ihre Hilfe!«

»Das ist es ja. Gregson weiß, daß ich ihm überlegen bin, und gibt das mir gegenüber auch zu. Aber vor Dritten würde er sich eher die Zunge abbeißen. Na schön, wir können genausogut hingehen und einen Blick auf den Tatort werfen. Ich werde den Fall für mich lösen. Wenn ich schon sonst nichts davon habe, will ich wenigstens über die Versager lachen können. Kommen Sie mit?«

Er schlüpfte in seinen Mantel. Seine Trägheit war wie weggeblasen.

»Wo haben Sie Ihren Hut?« fragte er mich.

»Soll ich wirklich mitkommen?«

»Wenn Sie nichts Besseres vorhaben.«

Ein paar Minuten später saßen wir in einer Droschke und rollten in Richtung Brixton Road. Der Morgen war neblig trüb, die Häuser verhüllte ein Dunstschleier, so schmutziggrau wie die Straßen. Holmes zeigte sich bester Laune und erzählte mir irgend etwas über Geigen aus Cremona – oder war es über den Unterschied zwischen einer Stradivari und einer Amati? Ich

blieb still und einsilbig. Das trübe Wetter und die Geschichte mit dem Toten hatten sich mir aufs Gemüt geschlagen.
Schließlich konnte ich sein Geplauder nicht länger ertragen und sagte ziemlich bissig: »Sie scheinen sich ja recht wenig Kopfzerbrechen um die Sache zu machen.«
»Noch fehlen mir alle Einzelheiten«, war seine Antwort. »Es ist ein grundlegender Fehler, eine Theorie aufzustellen, bevor man das nötige Material beisammen hat. Das führt zu Fehlurteilen.«
»Sie werden bald Ihre Einzelheiten haben, hier ist die Brixton Road. Und das«, deutete ich mit dem Finger, »dürfte auch schon unser Ziel sein.«
»Sie haben recht. Halt, Kutscher! Anhalten!«
Es waren noch an die hundert Meter bis zum Haus. Aber er bestand darauf, daß wir den Rest des Weges zu Fuß gingen. Nummer 3 wirkte finster; etwas Drohendes ging von dem Haus aus. Es stand in einer Reihe von insgesamt vier Gebäuden, die alle etwas von der Straße zurückgesetzt waren. Zwei davon waren bewohnt. Die beiden unbewohnten starrten aus drei Reihen melancholisch leerer Fenster auf die Straße. Die weißen Schilder ›Zu vermieten‹ ließen das schmutzige Grau der Scheiben noch trüber erscheinen. Massenhaft Unkraut kümmerte auf dem Streifen Grün zwischen Haus und Straße. Zur Haustür führte ein schmaler, lehmgelber Pfad. Der Boden war vom Regen der vergangenen Nacht tiefgründig aufgeweicht. Um das Grundstück zog sich eine knapp einen Meter hohe Backsteinmauer, die einen Holzzaun trug. Daran lehnte ein kräftiger Polizist, umdrängt von Neugierigen, die sich bemühten, etwas von dem mitzukriegen, was im Haus vor sich ging.
Ich hatte mir vorgestellt, daß Holmes sofort ins Haus eilen und versuchen würde, den Fall zu lösen. Aber er dachte nicht daran, lief gemächlich, fast schon übertrieben lässig auf und ab, starrte auf den Boden, in den Himmel, auf die Häuser gegenüber und den Zaun. Als er damit fertig war, betrat er den Pfad, das heißt, er ging auf dem Grasstreifen neben dem Weg zur

Haustür. Zweimal blieb er stehen. Einmal sah ich ihn lächeln und hörte einen Ausruf der Befriedigung. Was Holmes auf dem lehmigen Weg, der von Polizistenstiefeln total zertrampelt war, erkennen wollte, war mir schleierhaft. Allerdings, bei seiner erwiesen scharfen Beobachtungsgabe mochte es schon sein, daß er mehr sah als ich. An der Haustür trafen wir auf einen großen blassen, blonden Mann mit einem Notizbuch in der Hand. Überschwenglich begrüßte er Holmes.
»Zu freundlich, daß Sie kommen«, rief er. »Habe alles unverändert gelassen.«
»Nur das nicht«, antwortete Holmes kühl und deutete auf den Pfad. »Der Weg sieht aus, als wäre eine Herde Büffel darüber getrampelt. Ich kann nur hoffen, daß Sie ihn vorher genau untersucht haben.«
»Ich war zu sehr im Haus beschäftigt«, entschuldigte sich der Detektiv. »Sicher hat sich mein Kollege Lestrade – er ist auch hier – um die Fußspuren gekümmert.«
Holmes schaute mich an und zog spöttisch die Augenbrauen in die Höhe.
»Wo zwei Männer Ihres Kalibers zugange sind, bleibt für einen dritten nicht mehr viel herauszufinden.«
Gregson lächelte geschmeichelt; er hatte anscheinend den Doppelsinn in Holmes' Worten nicht mitgekriegt.
»Wir haben getan, was wir konnten«, sprach er weiter. »Eine völlig verquere Geschichte, ganz nach Ihrem Geschmack.«
»Sind Sie mit der Droschke gekommen?«
»Nein.«
»Und Lestrade?«
»Auch nicht.«
»Schön, gehen wir ins Haus.«
Was daran schön sein sollte, begriff ich nicht. Holmes schritt durch die Haustür, gefolgt von einem sehr erstaunten Gregson. Die Dielenbretter des Flures waren staubbedeckt. Geradeaus ging es zur Küche und in die Nebenräume; linker und rechter Hand sah ich je eine Tür. Eine war offensichtlich seit Wochen

nicht mehr geöffnet worden. Die andere gehörte zum Speisezimmer. Dort hatte man den Toten gefunden. Holmes ging hinein. Ich folgte, mit einem gewissen Zögern, wie es uns angesichts des Todes gern befällt.

Das Fehlen jeglichen Mobiliars ließ den quadratischen Raum sehr groß erscheinen. Die grellfarbige Tapete an den Wänden war stellenweise mit Schimmel überzogen; wo sie in Fetzen herabhing, sah man den gelblichen Putz. Der Tür gegenüber befand sich ein aufwendiger Kamin mit einem Schurz aus Marmorimitat. Auf einer Ecke klebte ein roter Kerzenstummel. Die schmutzig-blinden Scheiben des einzigen Fensters ließen kaum Licht ins Zimmer. Den Boden bedeckte eine dicke Staubschicht.

Ich registrierte das alles erst später, denn zunächst konzentrierte sich meine Aufmerksamkeit natürlich auf die lang ausgestreckte leblose Gestalt auf dem Boden, die mit gebrochenen Augen zur fleckigen Decke starrte. Es war ein mittelgroßer Mann von dreiundvierzig oder vierundvierzig Jahren, breitschultrig, mit krausem schwarzem Haar und einem Stoppelbart. Er trug Gehrock und Weste aus schwerem Wollstoff, dazu helle Hosen; Kragen und Manschetten waren fleckenlos weiß. Neben ihm auf dem Boden lag ein sehr gepflegter Zylinder. Die Hände hatte er zur Faust geballt, die Arme weit ausgestreckt, die Beine dagegen im Todeskrampf wie verknotet. Die starren Züge trugen einen Ausdruck des Entsetzens und, wie mir schien, Hasses, wie er mir noch nie in einem Menschengesicht begegnet war. Diese Fratze, die niedrige Stirn, die grobe Nase und das kräftige Kinn gaben dem Toten das Aussehen eines Affen, ein Eindruck, der durch den unnatürlich verkrampften Körper noch verstärkt wurde. Ich habe den Tod schon in vielen Gestalten gesehen, aber nie war er mir so grauenvoll erschienen wie hier in dem dunklen, schmutzigen Zimmer am Rand einer von Leben durchfluteten Straße Londons.

Lestrade, frettchengesichtig und dürr, hatte uns im Flur empfangen und begrüßt. Jetzt sagte er: »Der Fall wird Aufsehen er-

regen. So etwas ist mir noch nie untergekommen. Dabei bin ich nun wirklich kein heuriger Hase.«
»Kein Hinweis, kein Verdacht«, sagte Gregson.
»Rein gar nichts«, stimmte Lestrade zu.
Sherlock Holmes kniete nieder und untersuchte den Toten.
»Ist er wirklich nicht verletzt?« fragte er und deutete auf die vielen Blutspuren.
»Nein, bestimmt nicht«, sagten beide Detektive wie aus einem Munde.
»Dann muß das Blut von jemand anderem stammen. Wahrscheinlich vom Mörder, wenn wir es mit einem Mord zu tun haben sollten. Das Ganze erinnert mich stark an die Umstände von Jansens Tod; das war 1834 in Utrecht. Sie kennen den Fall, Gregson?«
»Nein.«
»Dann sollten Sie ihn studieren. Es lohnt sich bestimmt, denn es gibt nichts Neues unter der Sonne; es ist alles schon einmal dagewesen.«
Während er sprach, waren seine dünnen Finger unaufhörlich in Bewegung, tasteten, drückten, knöpften und untersuchten, während die Augen jenen konzentrierten, die Umgebung völlig ausschaltenden Ausdruck zeigten, der höchste Konzentration verrät. Die Untersuchung erfolgte mit solcher Geschwindigkeit, daß gar nicht erkennbar wurde, wie peinlich genau sie war. Schließlich roch Holmes am Mund des Toten und schaute sich die Sohlen seiner Lederschuhe gründlich an.
»Hat man ihn bewegt?« fragte er schließlich.
»Nur, soweit es für die Untersuchung notwendig war.«
»Sie können ihn jetzt ins Leichenhaus bringen lassen«, wies Holmes die Detektive an. »Ich bin soweit fertig.«
Gregson rief vier seiner Leute mit einer Tragbahre herein. Als sie den Toten hochhoben, klirrte ein Ring zu Boden. Lestrade schnappte ihn sich und starrte mit großen Augen darauf. Schließlich rief er: »Ein Ehering. An der Geschichte ist eine Frau beteiligt!« Er hielt uns den Reif auf der offenen Hand hin.

Kein Zweifel, es war der Ring einer Frau.
»Ach, du liebe Zeit«, stöhnte Gregson, »das macht die Sache noch komplizierter. Sie war doch so schon undurchsichtig genug.«
»Könnte es nicht auch umgekehrt sein?« bemerkte Holmes. »Jedenfalls führt es zu nichts, wenn wir alle den Ring anstarren. Was hatte der Tote denn überhaupt in den Taschen?«
»Eine goldene Uhr von Barraud in London mit der eingravierten Nummer 97163, eine schwere goldene Uhrkette, einen Freimaurerring aus Gold, eine Krawattennadel, ebenfalls aus Gold und in einen Hundekopf endend, dem Augen aus Rubinen eingesetzt sind, dann ein ledernes Mäppchen mit Visitenkarten auf den Namen Enoch J. Drebber, Cleveland, was mit dem Monogramm J. D. auf der Wäsche übereinstimmt, keinen Geldbeutel, aber sieben Pfund und dreizehn Schilling lose in den Taschen, Boccaccios Decamerone in Taschenformat mit dem Namen Joseph Stangerson auf dem Vorsatz, zwei Briefe, einer an einen Joseph Stangerson und einer an E. J. Drebber.«
»Welche Adresse steht auf den Briefen?«
»Amerikanische Bank, Strand, zur Abholung. Beide Briefe kommen von der Guion Dampfschiffahrtsgesellschaft und nennen die Abfahrtszeit des Schiffes in Liverpool. Ganz offensichtlich war der arme Mann im Begriff, nach New York zurückzukehren.«
»Haben Sie versucht, diesen Stangerson ausfindig zu machen?«
»Selbstverständlich, sofort.« Gregson schien fast beleidigt ob dieser Frage. »Ich habe eine Suchanzeige in alle Zeitungen setzen lassen, und einer von meinen Leuten ging zur amerikanischen Bank; er ist allerdings noch nicht zurück.«
»Haben Sie sich mit Cleveland in Verbindung gesetzt?«
»Heute früh ging ein Telegramm dorthin.«
»Was haben Sie telegrafiert?«
»Eine kurze Schilderung der Tatsachen, verbunden mit der Bitte um sachdienliche Mitteilungen.«
»Keine bestimmten Fragen sonst?«

»Nur nach Stangerson.«

»Und das war alles? Könnte nicht das Motiv für die Tat in Amerika zu finden sein? Vielleicht sollten Sie doch noch einmal telegrafieren?«

»Ich habe alles Notwendige und Wesentliche mitgeteilt«, sagte Gregson ärgerlich.

Sherlock Holmes lächelte verächtlich. Er wollte etwas sagen, aber da tauchte händereibend Lestrade auf.

»Mr. Gregson«, sagte er, »ich habe eben eine ganz entscheidende Entdeckung gemacht und das nur, weil ich die Wände sorgfältig in Augenschein nahm.«

Seine Augen glänzten triumphierend. Er freute sich offensichtlich, seinem Kollegen eins auswischen zu können. »Kommen Sie!«

Wichtigtuerisch wieselte er ins Zimmer zurück, das eine Spur freundlicher schien, seit der unheimliche Gast fortgebracht worden war. »Hierher!«

Er riß ein Streichholz an und hielt es hoch. Da stand auf dem gelblichen Putz, den die in breiten Bahnen herunterhängende Tapete freigab, in großen dunkelbraunen Buchstaben

RACHE

»Na, was halten Sie davon?« Er warf sich in die Brust. »Niemand hat das in dieser dunklen Ecke gesehen, und keiner hat daran gedacht, die Wände zu untersuchen. Der Mörder hat mit seinem eigenen oder mit dem Blut der Frau geschrieben. Damit scheidet Selbstmord aus. Sie werden nun natürlich fragen, warum der Mörder gerade in diese Ecke geschrieben hat. Ich will es Ihnen gerne verraten. Sehen Sie das Kerzenstümpfchen am Kaminschurz? Als die Kerze brannte, war diese Zimmerecke die hellste Stelle im Raum.«

»Und was schließen Sie jetzt aus Ihrer großen Entdeckung?« sagte Gregson verächtlich.

»Schließen? Ganz einfach! Er oder sie wollte den Vornamen Rachel an die Wand schreiben, wurde aber dabei gestört, deshalb fehlt das L. Merken Sie sich, was ich jetzt sage, und denken Sie daran, wenn der Fall erst aufgeklärt ist: In diese Geschichte ist eine gewisse Rachel verwickelt. Lachen Sie ruhig, Mr. Holmes. Ich weiß, Sie bilden sich eine Menge auf Ihre Tüchtigkeit ein. Wenn die Jagd zu Ende ist, werden Sie feststellen können, daß Ihnen der alte Jagdhund immer noch überlegen ist.«

»Ich muß Sie wirklich um Entschuldigung bitten«, sagte Holmes, der durch sein lautes Lachen den Zorn des kleinen Mannes auf sein Haupt herabbeschworen hatte. »Keiner nimmt Ihnen das Verdienst dieser Entdeckung. Und bestimmt haben Sie darin recht, daß der Schreiber des Wortes an der Geschichte beteiligt ist. Ich hatte bisher noch keine Zeit, das Zimmer genauer zu untersuchen; das will ich mit Ihrer Erlaubnis jetzt nachholen.«

Er zog ein Maßband aus der Tasche und eine große Lupe. Damit bewaffnet, begann er zu arbeiten. Geräuschlos schritt er auf und ab, hielt hier inne und da, kniete nieder, ja, legte sich sogar einmal der Länge nach auf den Boden. Er schien unsere Gegenwart vergessen zu haben, denn er führte die ganze Zeit halblaut Selbstgespräche, pfiff, stöhnte und freute sich. Er produzierte mit anderen Worten eine Skala von Lauten der Befriedigung, des Staunens und der Verzweiflung. Irgendwie erinnerte er mich ganz stark an einen Fährtenhund, der nach der Spur sucht. Etwa zwanzig Minuten war Holmes beschäftigt. Er maß Entfernungen, wo es meiner Meinung nach nichts zu messen gab. Ja, er legte sein Maßband unbegreiflicherweise sogar verschiedentlich an den Wänden an. An einer Stelle sammelte er behutsam ein Häufchen Schmutz in einen Umschlag. Zum Schluß dann studierte er sorgfältig die Buchstaben an der Wand durch seine Lupe. Damit schien er am Ende seiner Untersuchung angelangt, denn er steckte Maßband und Lupe in die Tasche.

»Es heißt«, meinte er lächelnd, »Genie ist nur das Ergebnis unermüdlicher Arbeit. Keine sehr gute Definition, aber sie trifft den Kern der Tätigkeit des Detektivs.«

Gregson und Lestrade hatten das Tun des Amateurs mit Staunen und einer gewissen Verachtung verfolgt. Sie waren, im Gegensatz zu mir, offensichtlich noch immer nicht dahintergekommen, daß alles, was Holmes tat, durchaus seinen Sinn hatte.

»Nun, wie beurteilen Sie den Fall?« fragten beide Detektive unisono.

»Es wäre anmaßend von mir, wenn ich mich jetzt, wo alles so gut läuft, in den Fall einmischte«, antwortete Holmes ironisch und fuhr dann fort: »Lassen Sie es mich wissen, wenn ich Ihnen wieder behilflich sein kann. Ich möchte nur noch gerne mit dem Polizisten sprechen, der die Leiche gefunden hat. Wenn Sie mir bitte Namen und Adresse geben?«

Lestrade schlug sein Notizbuch auf: »John Rance«, sagte er. »Der Mann hat jetzt dienstfrei. Er wohnt Audley Court 46, Kennington Park Gate.«

Holmes notierte. »Kommen Sie, Doktor«, sagte er, »machen wir ihm einen Besuch.« Dann wandte er sich nochmals an die beiden Detektive. »Nur kurz einige wenige Bemerkungen, die Ihnen vielleicht weiterhelfen. Es handelt sich um Mord. Der Mörder war ein Mann, über 1,80 m groß, in bestem Alter, mit für seine Größe kleinen Füßen, die in schweren Stiefeln mit breiter Spitze steckten, und er rauchte eine Trichinopoly-Zigarre. Beide, Mörder und Opfer, kamen zusammen mit einer Droschke hierher. Drei Hufeisen des Pferdes, das den Wagen zog, waren alt, das am linken Vorderfuß dagegen neu. Höchstwahrscheinlich hat der Mörder eine sehr gesunde Gesichtsfarbe und außergewöhnlich lange Fingernägel an der rechten Hand.«

Lestrade und Gregson unterdrückten nur mühsam ein Lächeln.

»Und wie soll der Mann umgebracht worden sein?« fragte Lestrade höhnisch.

Holmes antwortete nur: »Gift!« Und dann, schon im Gehen, fügte er noch hinzu: »Suchen Sie nicht nach einer Rachel. Was an der Wand steht, ist und bleibt das deutsche Wort *Rache*.«

Mit diesem letzten Seitenhieb marschierte er hinaus und ließ die beiden, die ihm mit offenem Mund nachschauten, stehen.

London bei Nebel

Wir verließen Brixton Road Nummer 3 um ein Uhr mittags. An der nächsten Post, an der wir vorbeikamen, gab Holmes ein langes Telegramm auf, und dann ließen wir uns in einer Mietdroschke zur angegebenen Adresse fahren.

»Es geht nichts über die Aussage eines unmittelbar Beteiligten«, meinte er erklärend, als wir in der Droschke saßen. »Auch wenn mein Urteil über den Fall schon feststeht, will ich doch alle erreichbaren Informationen zusammentragen.«

»Also, mein lieber Holmes, das nehme ich Ihnen nun doch nicht ab, daß Sie jetzt schon genau wissen, was hier vorgefallen ist.«

»Aber sicher, hundertprozentig.« Er lächelte kühl, fast überheblich. »Das erste, was ich entdeckte, als wir zum Tatort kamen, war eine ausgeprägte Wagenspur dicht am Bordstein. In der vergangenen Nacht hat es seit einer Woche zum erstenmal wieder geregnet. Das bedeutet, der Wagen, von dem die Spur stammt, kann nur in der vergangenen Nacht am Haus vorbeigekommen sein. Ebenso hatte die feuchte, ungepflasterte Straße die Hufabdrücke des Pferdes bewahrt. Sie waren alle verwaschen; nur der Abdruck vom linken Vorderfuß war gestochen scharf: Das Hufeisen muß neu sein. Nach Gregsons Aussage, an der zu zweifeln ich keinen Anlaß habe, kamen er und seine Leute zu Fuß. Solange er dort war, fuhr keine Kutsche vorbei. Also müssen die beiden Männer in der Nacht mit der Kutsche gekommen sein.«

»Na schön«, sagte ich, »das klingt überzeugend. Aber wie kommen Sie auf die 1,80 m des Mannes?«

»In neun von zehn Fällen kann man die Größe eines Mannes aus seiner Schrittlänge ableiten. Die Formel ist einfach genug, doch ich will Sie nicht mit Zahlen plagen. Die Schrittlänge des Burschen hielten der Lehm auf dem Weg zur Haustür und der Staub im Zimmer fest. Meine Berechnung bestätigte die Schrift an der Wand. Man schreibt nämlich, wenn man vor einer Fläche steht, unwillkürlich in Augenhöhe. Nun, von der Schrift zum Boden maß ich nicht ganz 1,80 m. Sie sehen, es war kinderleicht, die Größe festzustellen.«

»Aber das Alter?«

»Ein Mann, der mühelos mit einem Schritt 1,35 m überwindet, wird kaum alt und gebrechlich sein. So breit war jedenfalls die Pfütze auf dem Pfad, über die er sprang, was die Spuren von Schuhen mit breiten Kappen zeigten; die zweite Fußspur, hinterlassen von feinen Schuhen, führte um die Pfütze herum. Es ist bei all diesen Erkenntnissen kein Hexenwerk im Spiel. Ich wende nur die Grundsätze der Beobachtung und Schlußfolgerung an, wie ich das in meinem Artikel dargelegt habe. Ist sonst noch etwas unklar?«

»Das mit den Fingernägeln und der Trichinopoly-Zigarre«, sagte ich eingeschüchtert.

»Der Mann schrieb mit dem Finger, den er in Blut getaucht hatte. Unter der Lupe sah ich, daß er beim Schreiben die Wand geritzt hatte, was bei kurz geschnittenem Fingernagel wohl kaum möglich gewesen wäre. Am Boden lag ein Häufchen Asche – Sie sahen ja, daß ich es aufsammelte. Nach Farbe und Struktur konnte es nur von einer Trichinopoly-Zigarre stammen. Ich habe mich eingehend mit Aschen beschäftigt; es gibt darüber sogar eine Abhandlung von mir. Ich schmeichle mir, jede Asche identifizieren zu können. Es sind diese Detailkenntnisse, die den erfahrenen Detektiv von der Sorte der Gregson und Lestrade unterscheiden.«

»Aber die gesunde Gesichtsfarbe?«

»Das war mehr ein Schuß ins Blaue, obwohl ich sicher bin, daß ich recht habe.«

»Mir schwirrt der Kopf«, stöhnte ich. »Je mehr ich über die Sache nachdenke, desto geheimnisvoller wird sie. Wie kommen die beiden Männer – wenn es zwei Männer waren – ausgerechnet in ein leerstehendes Haus? Was wurde aus dem Kutscher? Wie hat der eine Mann dem anderen das Gift beigebracht? Woher kam das Blut? Weshalb der Mord, denn Raub scheidet ja aus? Wie kam der Ring der Frau dorthin? Und warum in aller Welt schrieb jemand das Wort ›Rache‹ an die Wand? Nach meiner Meinung lassen sich alle diese Fakten unmöglich unter einen Hut bringen.«

Holmes lächelte beifällig: »Besser und kürzer als Sie kann man die besonderen Probleme dieses Falles nicht zusammenfassen, Watson. Es ist noch einiges zu klären, obwohl der Fall in seinen Hauptzügen klar ist. Was die Entdeckung des guten Lestrade angeht – die halte ich für eine falsche Spur, um die Polizei glauben zu machen, daß irgendeine Geheimgesellschaft die Hand im Spiele hat. Da ist kein Deutscher beteiligt; das sehe ich schon daraus, daß die deutschen Buchstaben recht ungelenk geschrieben waren. Aber mehr sage ich nicht, Doktor. Sie wissen ja, wenn ein Zauberer erst einmal alle seine Tricks verraten hat, gilt er nichts mehr beim Publikum. Wenn ich Ihnen allzuviel von meinen Methoden erkläre, halten Sie mich zu guter Letzt für einen ganz gewöhnlichen Menschen.«

»Nie und nimmer«, protestierte ich heftig. »Sie haben die Arbeit des Detektivs zu einer exakten Wissenschaft entwickelt, deren Qualität wohl nirgendwo sonst in der Welt erreicht wird.«

Holmes stieg eine leichte Röte in die Wangen, so sehr freute ihn mein Lob, das aus innerster Überzeugung kam. Das bestätigte mir wieder einmal, daß mein Wohngenosse nach Anerkennung für seine Arbeit hungerte, wie ein junges Mädchen nach Komplimenten für seine Schönheit.

»Na schön, dann will ich Ihnen noch etwas verraten«, schnurrte Holmes. »Schmalfuß, der mit den feinen Lederschuhen, und Breitfuß, der mit den Schuhen mit breiten Kappen, kamen zusammen in der Kutsche angefahren. So sehr waren sie ein Herz und eine Seele, daß sie Arm in Arm über den Pfad zum Haus schritten. Drinnen gingen sie auf und ab, das heißt, Schmalfuß blieb an seinem Platz stehen, aber Breitfuß lief auf und ab. So stand es in den Staub geschrieben. Ebenso stand da, daß Breitfuß' Erregung zunahm, denn seine Schritte wurden immer länger. Er steigerte sich in einen fürchterlichen Zorn; dann nahm die Tragödie ihren Lauf. Soweit kenne ich den Ablauf der Ereignisse. Alles andere ist Vermutung, muß zum gegenwärtigen Zeitpunkt reine Annahme bleiben. Aber die Basis für unsere Arbeit ist schon einmal gelegt. Darauf können wir aufbauen. – Wir wollen uns übrigens nicht allzulange aufhalten. Ich möchte nämlich heute noch ins Konzert.«

Während dieses Gespräches rollte die Droschke durch eine endlose Folge schmutziger Straßen und düsterer Gassen. In der schmutzigsten und düstersten stoppte der Kutscher.

»Hier geht's zum Audley Court ab«, wandte er sich an uns und deutete mit dem Peitschenstiel auf eine schmale Öffnung in der endlosen Front bleigrauer Backsteinhäuser. »Ich warte hier.«

Audley Court wirkte alles andere als anheimelnd. Durch ein Gäßchen kamen wir auf einen kleinen gepflasterten Platz, umgeben von kleinen Häusern. Wir suchten uns einen Weg zwischen Horden schmutziger Kinder und endlosen Mengen verfärbter Wäsche, die zum Bleichen ausgelegt war. Die Tür von Nummer 46 trug ein schmales Messingschild mit dem Namen ›Rance‹. Man bat uns in ein kleines Wohnzimmer und auf den Polizisten zu warten, der sich hingelegt hatte. Er erschien bald, nicht gerade erfreut, daß man ihn aus dem Schlaf gerissen hatte, denn er meinte verdrießlich: »Ich hab' doch meinen Bericht auf der Wache schon gemacht.«

Holmes fischte eine Zehn-Schilling-Münze aus der Tasche und drehte sie spielerisch zwischen Daumen und Zeigefinger. Dabei sagte er: »Wir hätten die Geschichte gerne von Ihnen persönlich gehört.«

Der Polizist verschlang die goldene Scheibe mit den Augen.
»Na schön, was wollen Sie denn wissen?«
»Alles, die ganze Geschichte, von Anfang an.«
Rance setzte sich auf das Roßhaarsofa und runzelte im angestrengten Bemühen, nichts zu vergessen, die Stirn.
»Ich habe«, begann er, »von zehn Uhr abends bis morgens um sechs Uhr Dienst. Gegen elf Uhr gab's 'ne kleine Schlägerei im ›Weißen Hirsch‹. Sonst war alles ruhig. Um ein Uhr begann's zu regnen. Ich traf Harry Murcher wieder, der im Holland Grove Streife ging. Wir standen ein Weilchen an der Ecke Henrietta Street beisammen. Gegen zwei, es kann auch schon etwas später gewesen sein, ging ich in die Brixton Road. Das Wetter war ekelhaft und keine Menschenseele unterwegs, nur ein oder zwei Droschken fuhren an mir vorüber. Ich überlegte gerade, wie schön doch jetzt ein Glas Grog wäre, da sah ich aus den Augenwinkeln Licht in der Nummer 3. Das Haus stand, wie ich wußte, leer; der letzte Mieter war an Typhus gestorben. Es durfte also kein Licht brennen. Als ich zur Tür kam . . .«
»Drehten Sie um und gingen zum Gartentürchen zurück«, unterbrach ihn Holmes. »Warum?«
Rance fuhr hoch und starrte Sherlock Holmes ungläubig staunend an. »Das stimmt, aber woher zum Kuckuck wissen Sie das? Sehen Sie, als ich da so vor der Tür stand, war alles so still und verlassen. Da dachte ich, es wäre besser, noch jemanden dabei zu haben. Ich bin wirklich kein Angsthase, doch bei dem Gedanken an den Typhus und daß der Tote vielleicht umgehen könnte, wurde mir doch ganz anders. Ich lief zum Gartentürchen zurück; vielleicht war Murcher noch in der Nähe. Aber da schien kein Licht einer Laterne und war kein Schritt zu hören.«
»War wirklich niemand auf der Straße?«
»Keine Seele, noch nicht einmal ein Hund. Ich nahm mich zusammen, ging zurück und stieß die Tür auf. Im Haus blieb alles ruhig. Also ging ich in das Zimmer, in dem Licht brannte. Auf dem Kaminsims klebte ein roter Kerzenstummel, der flackernd brannte. Und in seinem Schein sah ich . . .«

»Ich weiß, was Sie sahen. Sie gingen ein paarmal im Zimmer herum, knieten bei dem Toten nieder, gingen zur Küchentür und versuchten sie zu öffnen und dann . . .«
John Rance sprang auf und starrte Holmes erschrocken und voll Mißtrauen an: »Wo waren Sie versteckt, daß Sie alles gesehen haben?« sagte er drohend. »Sie wissen verdammt mehr, als Sie wissen dürften.«
Holmes lachte und reichte ihm seine Visitenkarte. »Nur, verhaften Sie mich bitte nicht gleich als den Mörder. Ich bin nicht der Wolf, ich gehöre zu den Hunden, die ihn jagen. Gregson und Lestrade werden es Ihnen gerne bestätigen. Wenn Sie bitte weiter erzählen wollten. Was taten Sie dann?«
Rance setzte sich wieder, blieb aber mißtrauisch.
»Ich ging zum Tor und pfiff auf meiner Trillerpfeife. Daraufhin kamen Murcher und noch zwei andere Kollegen herbeigelaufen.«
»War sonst noch jemand auf der Straße?«
»Nein, normale Menschen nicht.«
»Wie bitte?«
Der Polizist verzog sein Gesicht zu einem breiten Grinsen. »Ich hab' schon viele Betrunkene erlebt, aber noch nie einen, der so blau war. Er lehnte am Zaun, als ich aus dem Haus kam, klammerte sich an die Staketen und grölte aus vollem Halse eine Melodie eigener Erfindung. Der wäre nicht imstande gewesen zu helfen; er konnte ja kaum selber stehen.«
»Wie sah der Mann denn aus?« fragte Holmes.
John Rance schien einigermaßen irritiert über diese Abschweifung vom Thema. »Es war halt ein Stockbesoffener. Wir hätten ihn mit auf die Wache genommen, wären wir nicht so beschäftigt gewesen.«
»Haben Sie sich sein Gesicht angesehen, seine Kleider?« fuhr ihn Holmes ungeduldig an.
»Wir mußten ihn stützen, Murcher und ich. Dabei fiel mir ein rotes Gesicht auf, um das Kinn ein Tuch gewickelt; es war ein ewig langer Kerl.«

»Oh, laß mich gehen!« stöhnte Holmes. »Und was ist aus dem Mann geworden?«
»Wir hatten auch ohne ihn genug zu tun.« Rance war richtig beleidigt. »Der hat bestimmt nach Hause gefunden.«
»Was hatte er an?«
»Einen braunen Überzieher.«
»Hatte er nicht eine Peitsche in der Hand?«
»Eine Peitsche? – Nein!«
»Er muß sie irgendwo gelassen haben«, murmelte Holmes. »Sie haben nicht zufällig gleich darauf eine Droschke gesehen oder gehört?«
»Nein.«
»Hier, das ist für Sie.« Holmes drückte ihm die Münze in die Hand, stand auf und nahm seinen Hut. »Schade, Rance, Sie werden es nie sehr weit bringen. Man fragt sich immer wieder, wozu manche Leute ihren Verstand haben. Sie hätten sich in der vergangenen Nacht die Sergeantstreifen verdienen können. Der Mann, den Sie so nett gestützt haben, ist der, den wir suchen. Hätten wir ihn, wäre der Fall gelöst. Versuchen Sie nicht, mir zu widersprechen; es ist so, wie ich sage. Kommen Sie, Doktor!«
Wir gingen und ließen einen recht nachdenklichen John Rance zurück.
»Dieser blinde Tölpel!« ärgerte sich Holmes, als wir wieder in der Droschke saßen und Richtung Baker Street ratterten. »Ich darf gar nicht daran denken, hat der Kerl das unglaubliche Schwein, die Hand auf den Mörder legen zu können, und merkt überhaupt nichts.«
»Mir ist eins klar. Zwar stimmt Rances Beschreibung des Betrunkenen mit der überein, die Sie vom Mörder gaben. Aber warum sollte er noch einmal an den Tatort zurückgekehrt sein? Das macht doch kein Verbrecher.«
»Der Ring, Watson! Denken Sie an den Ring. Seinetwegen kam der Mörder zurück. Und wenn wir ihn nicht auf andere Weise kriegen, dann mit dem Ring als Köder. Der entgeht mir nicht,

Doktor, darauf gehe ich jede Wette ein. Ich danke Ihnen übrigens, denn ohne Sie hätte ich diesen Fall, einen der interessantesten von allen, die mir bisher unterkamen, verpaßt. Wie nennen wir ihn? Ich hab's: ›Studie in Scharlachrot‹. Klingt ziemlich poetisch. Aber warum nicht? Zieht sich doch Mord wie ein roter Faden durch den Teppich des Lebens. Wir müssen den Faden daraus entfernen, müssen jeden Zentimeter sichtbar machen und isolieren. Doch jetzt zum Essen und dann ins Konzert. Darauf freue ich mich. Wie ging noch dieses kleine Motiv von Chopin?«
Bequem zurückgelehnt summte er ein paar Takte vor sich hin, während ich darüber nachsann, welche Gegensätze ein Mensch in sich vereinen kann.

Holmes erlebt eine Überraschung

Als wir in der Baker Street ankamen, war ich vollkommen fertig. Deshalb legte ich mich, gleich nachdem Holmes in sein Konzert gegangen war, aufs Sofa und versuchte zu schlafen. Vergeblich. Ich konnte einfach nicht abschalten. Die ganze Zeit grübelte ich über das nach, was ich gesehen, gehört und erlebt hatte. Immer, wenn ich die Augen schloß, sah ich die im Todeskampf erstarrte Fratze vor mir. Es fiel mir schwer, Bedauern für den Ermordeten aufzubringen. Im Gegenteil, ich ertappte mich bei dem Gedanken, daß man dem Mörder eigentlich dankbar sein müsse, daß er die Welt von Enoch J. Drebber befreit hatte, dessen Gesicht noch im Tode in einem solchen Ausmaß von Laster und Bosheit gekennzeichnet war. Doch gleich rief ich mich streng zur Ordnung. Die Gerechtigkeit mußte ihren Lauf nehmen. Mord blieb Mord, mochte das Opfer auch noch so verderbt sein.

Je länger ich darüber nachdachte, desto erstaunlicher schien mir Holmes' Behauptung, daß der Mann vergiftet worden sei. War er auf die Idee gekommen, als er an den Lippen des Toten roch? Andererseits, was sonst als Gift konnte einen Mann getötet haben, an dem sich weder eine Wunde noch Würgemale fanden. Woher aber kam das Blut auf dem Fußboden? Spuren eines Kampfes fehlten und ebenso eine Waffe, mit der das Opfer seinen Gegner hätte verwundet haben können. Ich hatte das Gefühl, daß Holmes und mir diese Fragen noch einiges Kopfzerbrechen bereiten mochten. Sicher, Holmes tat so, als habe er bereits eine Theorie. Doch wie seine Erklärung aussah, vermochte ich mir einfach nicht vorzustellen.

Holmes kam sehr spät zurück. So lange wie er weg war, konnte das Konzert gar nicht gedauert haben. Das Essen stand gleich auf dem Tisch; er setzte sich und langte mit gutem Appetit zu.
»Es war großartig«, sagte er. »Sie kennen doch sicher Darwins Bemerkung über Musik. Er behauptet, der Mensch habe die Musik gekannt und geliebt, lange bevor er sich die Sprache zulegte. Vielleicht hat Musik deshalb solchen Einfluß auf uns. Könnte es nicht sein, daß wir uns unbewußt an jene fernen Tage erinnern, da die Menschheit noch jung war?«
»Eine recht kühne Idee«, entgegnete ich lahm.
»Wer die Natur des Menschen erkennen will, muß kühne Ideen haben«, war Holmes' Antwort. »Aber was ist mit Ihnen los? Hat Sie die Geschichte in der Brixton Road so angegriffen?«
»Ich kann es nicht leugnen, sie hat. Und das, obwohl ich doch dem Tod oft genug auf den Schlachtfeldern Indiens ins Auge gesehen habe.«
»Das ist nur normal. Das Geheimnisvolle an dem Fall regt die Fantasie an; ohne Fantasie kein Grauen. – Haben Sie schon die Abendzeitungen gelesen?«
»Nein.«
»Es steht ein ziemlich guter Bericht über den Fall darin. Erfreulicherweise ist der Ehering nicht erwähnt.«
»Was soll daran erfreulich sein?«
»Weil ich heute mittag in allen Zeitungen diese Anzeige aufgegeben habe.«
Er reichte mir die Zeitung. Da stand gleich unter der Überschrift »Gefunden«: »Heute früh wurde in der Brixton Road zwischen dem Gasthaus ›Zum Weißen Hirsch‹ und Holland Grove ein goldener Ehering gefunden. Abzuholen bei Dr. Watson, Baker Street 221 b, abends zwischen acht und neun Uhr.«
»Sie nehmen es mir bitte nicht übel, daß ich Ihren Namen eingesetzt habe, Doktor? Wenn meiner da stünde, könnten einige von diesen professionellen Nieten darüberstolpern und versucht sein, sich in die Sache einzumischen.«

»Das geht schon in Ordnung. Nur, was mache ich, wenn wirklich jemand um den Ring kommt. Ich habe doch keinen.«
»Doch, Sie haben«, lächelte er und drückte mir einen Ring in die Hand. »Es ist zwar nicht das Original, aber die Nachbildung tut es auch.«
»Was glauben Sie, wer auf die Anzeige reagieren wird?«
»Der Mann im braunen Überzieher, Freund Breitfuß mit der gesunden Gesichtsfarbe. Und wenn nicht er selber, dann ein Komplize.«
»Meinen Sie nicht, daß er Verdacht schöpft?«
»Keineswegs. Wenn ich den Fall richtig sehe, und dafür spricht alles, wird der Mann jede Möglichkeit nutzen, den Ring wiederzubekommen. Er verlor ihn, als er sich über den toten Drebber beugte, bemerkte das aber erst, als er das Haus verlassen hatte. Deshalb lief er zurück. Doch inzwischen war die Polizei da, angelockt vom Licht, das er versehentlich hatte brennen lassen. Sein Auftauchen vor dem Haus mußte ihn verdächtig machen, deshalb mimte er den Betrunkenen. Versetzen wir uns einmal in seine Lage. Er kann nicht sicher sein, wo er den Ring verloren hat; es könnte ja auch auf der Straße gewesen sein. Was tut er? Er sucht unter Fundsachen in der Zeitung nach einer entsprechenden Anzeige, stößt auf meine und ist überglücklich. Warum soll er eine Falle befürchten? Der Finder hat doch keinerlei Grund, den Ring mit dem Mord in Zusammenhang zu bringen. Also geht er zur angegebenen Adresse. Er kommt ganz bestimmt. Binnen einer Stunde steht er da.«
»Und was dann?«
»Das überlassen Sie nur mir. Haben Sie eine Waffe?«
»Ja, meinen alten Armeerevolver und ein paar Kugeln.«
»Dann sollten Sie ihn gleich putzen und laden. Der Mann könnte sich als so gefährlich erweisen wie ein in die Enge getriebenes Tier. Zwar haben wir das Überraschungsmoment für uns, aber wir sollten doch für alle Fälle vorsorgen.«
Ich ging in mein Zimmer und tat nach Holmes' Rat. Als ich zurückkam, war der Tisch abgeräumt, und Holmes widmete sich

seiner Lieblingsbeschäftigung, er kratzte auf der Violine herum.

»Allmählich gewinnt der Fall Konturen«, wandte er sich an mich. »Gerade kam ein Antworttelegramm aus Amerika. Ich habe recht behalten.«

»Erzählen Sie!« Ich war sehr gespannt.

»Ich glaube, meine Violine könnte neue Saiten vertragen«, sagte er nachdenklich. »Stecken Sie den Revolver in die Tasche. Tun Sie ganz harmlos, sprechen Sie normal mit dem Burschen, und machen Sie ihn nicht mißtrauisch, indem Sie ihn allzu eingehend mustern. Alles andere erledige ich.«

Ich schaute auf meine Uhr: »Schon acht!«

»Er wird in ein paar Minuten hier sein. Wenn Sie bitte die Tür einen Spalt öffnen würden. Gut, das reicht. Den Schlüssel nehmen Sie bitte herein und stecken ihn von innen ins Schloß. Danke! Ich habe da übrigens gestern auf dem Trödelmarkt ein interessantes altes Buch aufgetan. Es heißt ›De iure inter gentes‹ und stammt aus dem Jahre 1642. Geschrieben ist es in Latein und erschienen in den Niederlanden. Wenn ich mir vorstelle, daß, als dieses Buch aus der Presse kam, König Charles noch seinen Kopf auf den Schultern trug . . . Doch ich glaube, da kommt unser Mann.«

Man hörte es klingeln, Holmes stand auf und rückte seinen Stuhl ein bißchen näher zur Tür. Die Haushälterin schlurfte durch die Diele, der Riegel schnappte zurück, die Tür schwang quietschend auf.

»Wohnt hier Dr. Watson?« Die Stimme klang rauh. Was die Haushälterin antwortete, hörten wir nicht. Doch die Tür fiel zu, und die Treppe herauf kamen Schritte. Sie klangen unsicher und schlurfend. Auf Holmes' Gesicht malte sich Staunen. Dann klopfte es ganz schwach an die Tür.

»Herein!« rief ich.

Die Tür ging auf, und statt des erwarteten kräftigen Mannes wankte ein uraltes verhutzeltes Weiblein ins Zimmer. Geblendet blinzelte es ins helle Licht, vollführte einen Kratzfuß und

kramte mit zitternden Händen in seiner Tasche. Holmes aber machte ein so verdattertes Gesicht, daß ich mir ein Lachen kaum verkneifen konnte. Das alte Weiblein zog eine Zeitung aus der Handtasche und sagte, auf die Anzeige deutend:
»Ich komme deswegen, meine Herren.« Wieder machte sie ihren Kratzfuß. »Ein goldener Ehering in der Brixton Road. Er gehört meiner Sally. Das Kind ist erst zwölf Monate verheiratet, der Mann fährt zur See, ist Steward. Möchte nicht wissen, was der gesagt hätte, wenn der Ring weggeblieben wär. Ist schon in guten Tagen kaum auskommen mit ihm, erst recht, wenn er getrunken hat. Wissen Sie, sie ging gestern abend mit . . .«
»Ist das der Ring Ihrer Tochter?« unterbrach ich sie.
»Dem Himmel sei Dank! Was wird meine Sally glücklich sein, heut' Nacht. Es ist ihr Ring.« Ihre Stimme hatte sich zu einem Kreischen gesteigert.
»Wo wohnen Sie denn?« fragte ich und griff nach einem Bleistift.
»Duncan Street 13, Houndsditch, ganz schön weit weg von hier, wenn Sie mich fragen.«
»Von Houndsditch zum Circus kommt man aber nicht durch die Brixton Road«, sagte Holmes mit scharfer Stimme.
Die Alte warf ihm einen schielenden Blick aus rotgeränderten Augen zu: »Der Herr da fragte nach *meiner* Adresse. Sally wohnt in Peckham, Mayfield Place 3.«
»Und Sie heißen?«
»Sawyer. Sally ist mit Tom Dennis verheiratet. Ein tüchtiger und ordentlicher Kerl, solange er auf See ist. Aber an Land, da hat er's dann immer mit den Weibern und dem Schnaps . . .«
»Hier haben Sie den Ring!« schnitt ich der Alten auf ein Zeichen von Holmes hin das Wort ab. »Ich glaube Ihnen, daß er Ihrer Tochter gehört, und bin froh, daß ich ihn der rechtmäßigen Eigentümerin zurückgeben kann.«
Die Alte erging sich in einer Flut von Segenswünschen und Beteuerungen des Dankes, versenkte den Ring in ihrer Tasche und

schlurfte davon. Kaum war sie zur Tür hinaus, sprang Holmes auf und lief in sein Zimmer. Ein paar Sekunden später war er in Mantel und Hut wieder zurück.
»Ich muß hinterher!« stieß er hervor. »Nur der Mörder kann sie geschickt haben. Sie wird mich zu ihm führen. Sie bleiben bitte hier.«
Und kaum war die Haustür hinter der Besucherin ins Schloß gefallen, da war er auch schon die Treppe hinunter. Vom Fenster aus sah ich die Alte davontrippeln. Holmes folgte ihr in einigem Abstand. Entweder, überlegte ich, ist seine Theorie völlig falsch, oder unsere Besucherin führt ihn tatsächlich zur Hauptfigur des Falles. Unter diesen Umständen war nach wie vor nicht an Schlaf zu denken, erst mußte ich hören, ob er Erfolg gehabt hatte.
Holmes hatte sich kurz vor neun Uhr auf den Weg gemacht. Ich richtete mich auf ein längeres Warten ein, zündete die Pfeife an und nahm mir ein Buch vor die Nase. Die Uhr schlug zehn. Dann hörte ich das Dienstmädchen auf sein Zimmer gehen. Um elf Uhr passierte die Hauswirtin mit energischen Schritten die Wohnzimmertür; auch sie begab sich zur Ruhe. Es ging auf zwölf, als sich der Schlüssel in der Haustür drehte. Ich sah gleich, daß Holmes Pech gehabt hatte. Schmunzeln und Ärger stritten sich in seinem Gesicht, bis schließlich ersteres die Oberhand gewann und er in ein herzhaftes Gelächter ausbrach.
»Mann«, rief er, »das war vielleicht 'ne Pleite! Meine ›Freunde‹ bei Scotland Yard würden sich ausschütten vor Lachen, wüßten sie davon. 's ist aber auch zu komisch, wie sich der Meisterdetektiv aufs Kreuz legen ließ.«
»Was war denn?« fragte ich begierig.
»Also, ich lief hinter der Alten her. Nach einem Weilchen fing sie an zu hinken; sie hatte offensichtlich zunehmende Schwierigkeiten mit dem Gehen. Schließlich blieb sie stehen und winkte eine Droschke herbei. Ich beeilte mich, um zu hören, welches Fahrtziel sie nannte, was gar nicht nötig gewesen wäre, denn sie kreischte ihr Houndsditch, Duncan Street 13, so laut,

daß man es ein paar hundert Meter weit hören konnte. Sie stieg ein, und ich sprang hinten auf, ein Kunststück, das jeder Detektiv beherrschen sollte. Ohne zu halten, ratterte die Droschke in die angegebene Straße, wo ich, noch bevor wir vor der angegebenen Adresse angekommen waren, absprang und gemächlich hinterherschlenderte. Die Droschke hielt, der Kutscher stieg vom Bock, öffnete den Schlag und wartete mit hilfreich ausgestreckter Hand. Als ich ihn erreicht hatte, war er gerade dazu übergegangen, das Innere des Wagens nach außen zu kehren, denn da war kein Fahrgast mehr in der Kutsche. Dabei wartete er mit einer Kollektion von Flüchen auf, wie ich sie selten gehört habe. Sein Fahrgast aber war und blieb spurlos verschwunden; der gute Mann wird wohl lange auf das Fahrgeld warten dürfen. Die Nummer 13 aber gehört einem ehrsamen Tapezierer namens Keswick. Von einer Frau Sawyer oder Dennis hatte er noch nie etwas gehört.«

»Wollen Sie damit sagen«, rief ich erstaunt, »daß das tatterige alte Weiblein aus der fahrenden Kutsche gesprungen ist und daß weder Sie noch der Kutscher das bemerkt haben?«

»Von wegen altes Weib«, antwortete Holmes grimmig. »Die alten Weiber waren wir, daß wir uns so nasführen ließen. Das war ein junger Mann und ein ausgezeichneter Schauspieler. Einmalig, wie er es geschafft hat zu entkommen. Er hat gemerkt, daß ich ihm folgte, und gab mir dann auf die geschilderte Weise das Nachsehen. Das beweist, daß der Mann, hinter dem wir her sind, kein Einzelgänger ist, wie ich geglaubt hatte. Er muß Freunde haben, die bereit sind, einiges für ihn zu riskieren. Aber ich sehe, daß Sie ziemlich fertig sind, Doktor. Sie sollten zu Bett gehen.«

Nur zu gern folgte ich seinem Rat und ließ ihn vor dem glosenden Kaminfeuer sitzen, sachte mit dem Bogen über die Saiten der Violine fahrend und über den Fall nachgrübelnd, dessen Lösung er sich vorgenommen hatte.

Scotland Yard in Aktion

Am Tag darauf waren die Zeitungen voll vom, wie sie es nannten, ›Brixton-Geheimnis‹. Alle schilderten den Fall mit sämtlichen Einzelheiten; einige widmeten ihm zusätzlich den Leitartikel. Einiges von dem, was berichtet wurde, war mir neu. Noch heute bewahre ich die Zeitungsausschnitte von damals auf. So kann ich hier ein paar Proben des Meinungsspektrums folgen lassen.

Der ›Daily Telegraph‹ schrieb von einem in der Geschichte des Verbrechens einmaligen Fall. Der deutsch klingende Name des Opfers, das Fehlen eines Motivs und das an die Wand gemalte Wort deuteten auf eine Auseinandersetzung unter politischen Flüchtlingen und Revolutionären. Der Tote habe sich wahrscheinlich gegen ein ungeschriebenes Gesetz seiner Geheimgesellschaft vergangen, und das Ganze sei wahrscheinlich ein Fememord. Zum Schluß forderte der Kommentator von der Regierung eine schärfere Überwachung der Ausländer in England.

Im ›Standard‹ stand, derartige Gewalttaten seien nur unter einer liberalen Regierung möglich. Sie seien die Folge der um sich greifenden Verunsicherung des Volkes und der konsequenten Aushöhlung jeglicher Autorität. Der Tote, ein Amerikaner, hatte sich, so hieß es, seit ein paar Wochen in London aufgehalten. Er hatte in der Pension einer Madame Charpentier in Torquay Terrace, Camberwell, gewohnt. Begleitet wurde er von seinem Privatsekretär, Joseph Stangerson. Die beiden hatten sich vergangenen Dienstag von ihrer Wirtin verabschiedet. Sie wollten zum Bahnhof Euston zum Schnellzug nach Liverpool.

Beide wurden zuletzt auf dem Bahnsteig gesehen und blieben dann verschwunden, bis man Mr. Drebber tot in einem leerstehenden Haus in der Brixton Road fand, viele Kilometer weit weg von Euston. Wie er dorthin kam und wie er starb, sei ungeklärt. Über den Verbleib von Stangerson sei nichts bekannt. Erfreulicherweise habe man Mr. Lestrade und Mr. Gregson von Scotland Yard mit dem Fall betraut. Man könne also darauf vertrauen, daß diese beiden bekannt tüchtigen Detektive den Fall schnell aufklären würden.
Der Berichterstatter der ›Daily News‹ wußte ganz genau, daß es sich um ein Verbrechen unter politischen Flüchtlingen handelte. Despotische Regierungen auf dem Kontinent, die alle liberalen Bestrebungen unterdrückten, hätten viele Menschen gezwungen, nach England zu fliehen. Diese Menschen bildeten hier eine eigene Gruppe, zusammengeschweißt durch die Erinnerung an das, was sie durchgemacht hätten. In dieser Gruppe gäbe es einen strengen Ehrenkodex; jeder Verstoß dagegen würde mit dem Tode bestraft. Man müsse vor allem den Sekretär Stangerson finden und in Erfahrung bringen, mit wem der Tote verkehrt habe. Ein wesentlicher Schritt in dieser Richtung sei bereits getan, denn man wisse, wo er gewohnt hatte. Dies sei ganz das Verdienst des scharfsinnigen und tüchtigen Mr. Gregson von Scotland Yard.
Diese und andere Berichte führten wir uns beim Frühstück zu Gemüte. Sie machten Holmes viel Vergnügen.
»Ganz, wie ich es gesagt habe«, meinte er. »Was auch immer passiert, es wird Lestrade und Gregson als Erfolg zugeschrieben.«
»Noch ist ja der Fall nicht gelöst.«
»Als ob das einen Unterschied macht! Wird der Mann gefangen, dann aufgrund ihrer Bemühungen. Entkommt er, dann trotz ihrer Bemühungen. Ob Zahl oder Adler, die Münze kann fallen, wie sie will, die beiden haben immer Leute, die zu ihnen halten. Die Dummen sterben doch nie aus.«
»Was um alles in der Welt ist denn jetzt los?« zuckte ich zusam-

men, denn in diesem Moment hörte man das Trappeln vieler Füße im Hausflur und auf der Treppe, begleitet von lauten Mißfallenskundgebungen unserer Vermieterin.

»Oh, das sind die Baker-Street-Detektive«, gab Holmes zur Antwort. Er hatte noch nicht ausgeredet, da drängte sich ein halbes Dutzend der zerlumptesten und dreckigsten Straßenjungen, die ich je gesehen hatte, ins Zimmer.

»Angetreten!« kommandierte Holmes, und die sechs kleinen Burschen standen wie eine Eins. »In Zukunft kommt nur Wiggins und berichtet; die anderen warten vor dem Haus. Habt ihr sie gefunden, Wiggins?«

»Nein, Sir«, antwortete ein Junge.

»Das wäre auch zu schön gewesen. Sucht weiter, bis ihr sie findet. Hier ist euer Lohn.« Er gab jedem einen Schilling. »Und jetzt haut wieder ab. Das nächste Mal bringt ihr einen besseren Bescheid.«

Mit einer Handbewegung scheuchte er die Jungen hinaus. Sie polterten die Treppe hinunter, und einen Moment später ertönten ihre hellen Stimmen auf der Straße.

»Jeder von denen bringt mehr zustande als zwölf von unseren Polizisten«, sagte Holmes mit Nachdruck. »Sie wissen ja, der bloße Anblick einer Uniform läßt die Leute verstummen. Diese kleinen Burschen aber sind überall und hören alles. Vor allem geben sie sich Mühe. Das einzige, was sie brauchen, ist ein bißchen Anleitung.«

»Geht es um den Fall in der Brixton Road?« fragte ich.

»Ja. Ich muß da noch eine bestimmte Sache herausfinden, was aber nur eine Frage der Zeit ist. Aber was sehe ich da? Uns stehen große Neuigkeiten bevor. Da kommt ein übers ganze Gesicht strahlender Gregson die Straße entlang. Der will zu uns. Aber sicher, da ist er ja schon.«

Es schellte kräftig, und ein paar Sekunden später stürmte der blonde Detektiv, drei Stufen auf einmal nehmend, die Treppe herauf und ins Zimmer.

»Mann, Sie dürfen mir gratulieren!« dröhnte er, packte Holmes' Hand und schüttelte sie kräftig. »Ich habe den Fall gelöst; alles ist sonnenklar.«

Mir schien, als erschrecke Holmes.

»Heißt das, daß Sie eine Spur haben?« fragte er.

»Ach was, Spur! Ich habe den Mann!«

»So? Wer ist es denn?«

»Der Marineleutnant Arthur Charpentier«, triumphierte Gregson, rieb die fleischigen Hände und warf sich in die Brust.

Sherlock Holmes atmete sichtlich auf und gestattete sich ein Lächeln.

»Aber nehmen Sie doch Platz. Zigarre? Sie müssen uns unbedingt erzählen, wie Sie das geschafft haben! Nehmen Sie den Whisky mit Wasser?«

»Lieber pur«, antwortete der Detektiv. »Die beiden letzten Tage haben mich ganz schön geschafft. Nicht körperlich, sondern geistig. Der Streß, wissen Sie? Sie kennen das ja, Holmes; sind ja auch ein Geistesarbeiter.«

»Zuviel der Ehre«, wehrte Holmes todernst das Kompliment ab. »Ich bin zu gespannt, wie Sie zu diesem überaus erfreulichen Ergebnis gekommen sind.«

Der Detektiv ließ sich in den Sessel fallen und zog genüßlich an seiner Zigarre. Nach einem Weilchen fing er schallend an zu lachen und schlug sich auf die Schenkel.

»Das schönste ist, daß Lestrade, der sich immer so schlau vorkommt, auf einer vollkommen falschen Spur ist. Er jagt hinter diesem Sekretär Stangerson her. Dabei ist der unschuldig wie ein neugeborenes Kind. Sicher hat er ihn jetzt schon geschnappt.«

Dieser Gedanke erheiterte ihn abermals so sehr, daß er vor Lachen schier erstickte.

»Und wie sind Sie auf die richtige Lösung gekommen?«

»Das will ich Ihnen gerne sagen. Natürlich muß alles ganz unter uns bleiben, Dr. Watson. Wir mußten zuallererst einiges über das Vorleben dieses Amerikaners herausfinden. Gewisse Leute hätten einfach eine entsprechende Anzeige aufgegeben und gewartet, bis vielleicht jemand mit ein paar Informationen gekommen wäre. Aber so arbeitet ein Tobias Gregson nicht. Erinnern Sie sich an den Hut, der neben dem Toten lag?«

»Aber sicher«, antwortete Holmes. »Er war bei John Underwood & Sons, Camberwell Road 129, gekauft.«

Gregson schaute ganz verdutzt drein.

»Ich hätte nicht gedacht, daß Sie das gesehen hatten. Sind Sie in dem Geschäft gewesen?«

»Wozu?«

»Aha!« Gregson war erleichtert. »Man darf eben nie die kleinste Chance auslassen.«

»Einem großen Geist ist nichts zu klein«, bemerkte Holmes salbungsvoll.

»Also, ich ging mit dem Hut zu Underwood und fragte den Geschäftsinhaber, ob er noch wüßte, an wen er ihn verkauft hatte. Er holte seine Bücher und stellte fest, daß ein gewisser Mr. Drebber, Pension Charpentier, Torquay Terrace, der Käufer gewesen war. So bekam ich die Adresse.«

»Tüchtig, wirklich tüchtig«, murmelte Holmes.

»Dann ging ich zu Madame Charpentier. Sie war sehr blaß und sah elend aus. Die Tochter dagegen – übrigens ein bildhübsches Mädchen – hatte rotgeweinte Augen; sie war sehr unsicher, als sie mit mir sprach. Sie können sich natürlich denken, daß ich gleich merkte, daß da etwas faul sein mußte! Sie wissen doch, Holmes, wie das ist, wenn man die richtige Spur erwischt. Man hat das einfach im Gefühl. Also, ich sagte: ›Haben Sie schon gehört, auf welch rätselhafte Weise ein Gast von Ihnen, Ennoch J. Drebber aus Cleveland, ums Leben gekommen ist?‹

Frau Charpentier nickte nur. Ich hatte das Gefühl, daß sie gar nichts sagen konnte. Ihre Tochter aber fing an schrecklich zu weinen. Es wurde immer deutlicher, daß die beiden mehr über die Geschichte wissen mußten.

›Mr. Drebber ging von hier zum Bahnhof. Wann hat er eigentlich genau das Haus verlassen?‹ fragte ich.

›Um acht Uhr‹, antwortete die Mutter, bemüht, nicht zu zeigen, wie aufgeregt sie war. ›Stangerson, der Sekretär, hatte festgestellt, daß nur zwei Züge in Frage kamen, einer um 9.15 Uhr und einer um 11.00 Uhr. Drebber wollte den früheren nehmen.‹

›Das war also das letzte Mal, daß Sie ihn gesehen haben?‹

Auf diese Frage hin wurde Madame Charpentier leichenblaß, und sie quetschte ein kaum hörbares ›Ja‹ hervor.

Ich schwieg. Schließlich ergriff die Tochter das Wort; sie sprach ruhig und gefaßt.

›Mutter‹, sagte sie, ›lügen führt zu nichts. Wir sollten bei der Wahrheit bleiben. Wir haben Mr. Drebber doch noch später gesehen.‹

›Möge Gott dir verzeihen‹, rief daraufhin die Mutter, bedeckte das Gesicht mit den Händen und sank im Sessel zusammen. ›Du hast deinen Bruder ans Messer geliefert!‹

›Ich bin sicher, daß ich in seinem Sinn handle‹, sagte die Tochter und blickte der Mutter gerade in die Augen. Darauf ich: ›Jetzt heraus mit der Wahrheit, aber mit der ganzen. Und bedenken Sie, daß wir vielleicht mehr wissen, als Sie ahnen.‹

Wieder rief die Mutter: ›Sein Blut komme über dein Haupt!‹ Dann zu mir gewandt: ›Gut, Sie sollen alles hören. Ich habe versucht, meinen Sohn zu schützen, das ist wahr. Aber nicht, weil er in diesen Fall verwickelt wäre. Damit hat er absolut nichts zu tun. Und doch muß ich befürchten, daß Sie und andere ihn für schuldig halten. Aber das ist unmöglich. Alles spricht dagegen, sein Charakter, sein untadeliger Lebenswandel und sein Beruf.‹

›Jetzt legen Sie schon die Karten auf den Tisch‹, wies ich sie zurecht. ›Wenn Ihr Sohn wirklich nichts mit der Sache zu schaffen hat, passiert ihm bestimmt nichts.‹

›Alice‹, sagte Madame Charpentier, ›laß uns bitte allein!‹ Die Tochter ging, und die Mutter fuhr fort: ›Wenn es nach mir gegangen wäre, hätten Sie nichts erfahren. Aber nachdem meine Tochter, das dumme Ding, schon einmal davon angefangen hat, bleibt mir keine andere Wahl. Mr. Drebber war knapp drei

Wochen in meinem Haus. Er befand sich mit seinem Sekretär, Stangerson, auf einer Europareise. Nach den Aufklebern auf dem Gepäck waren die beiden vorher in Kopenhagen gewesen. Gegensätzlichere Menschen kann man sich kaum vorstellen. Zeigte sich Stangerson zurückhaltend und ruhig, so war Drebber grob und rücksichtslos. Schon in der ersten Nacht betrank er sich sinnlos, und es verging kaum ein Tag, an dem er mittags um zwölf Uhr nicht schon voll gewesen wäre. Den Dienstmädchen gegenüber war er zudringlich. Noch nicht einmal vor meiner Tochter machte er halt. Zum Glück hat Alice gar nicht alles mitbekommen. Einmal hat er sie sogar umarmt, was dann seinen Sekretär veranlaßte, ihn scharf zurechtzuweisen.‹
›Und warum haben Sie sich das alles gefallen lassen?‹ fragte ich. ›Sie konnten ihn doch einfach vor die Tür setzen?‹
Diese Bemerkung trieb Madame Charpentier die Röte ins Gesicht. ›Wollte Gott, daß ich ihn gleich, als er kam, wieder fortgeschickt hätte. Ich habe mich vom Geld verführen lassen. Sie zahlten jeder pro Tag ein Pfund; bedenken Sie, das sind vierzehn Pfund die Woche! Und das in einer Zeit, wo so gut wie nichts los ist. Sir, ich bin Witwe, und mein Sohn braucht bei der Marine einiges Geld. Ich war auf dieses Einkommen angewiesen. Deshalb drückte ich ein Auge zu. Aber als er sich dann an meiner Tochter vergriff, da platzte mir der Kragen. Deshalb mußte er gehen.‹
›Aha.‹
›Ich atmete auf, als er fort war. Mein Sohn hat gerade Urlaub. Aber ich behielt die Sache für mich, denn er ist ein bißchen jähzornig und liebt seine Schwester heiß und innig. Vielleicht können Sie sich vorstellen, wie groß der Stein war, der mir vom Herzen fiel, als die Tür hinter den beiden ins Schloß fiel. Aber eine Stunde später war Drebber schon wieder da, offensichtlich stark angetrunken und ordentlich in Fahrt. Er marschierte einfach in das Zimmer, wo Alice und ich saßen, und erzählte irgend etwas von Zug verpaßt. Und dann, ich traute meinen Ohren nicht, machte doch dieser ›Gentleman‹ meiner Tochter den

Vorschlag, mit ihm fortzugehen. ›Du bist doch volljährig‹, lallte er. ›Kein Gesetz kann dich daran hindern. Denk an mein vieles Geld. Was schert dich deine Alte, komm mit mir, du sollst es besser haben als eine Prinzessin.‹ Meine arme Alice erschrak fürchterlich. Sie wollte davonlaufen. Aber er packte sie am Arm und zerrte sie zur Tür. Ich schrie laut um Hilfe, woraufhin mein Sohn ins Zimmer gestürzt kam. Was dann geschah, weiß ich nicht, weil ich vor lauter Angst die Augen schloß. Ich hörte nur Fluchen und Geräusche wie von einem Handgemenge. Als ich dann wieder aufblickte, stand Arthur im Flur, hatte einen Stock in der Hand und lachte. ›Der Bursche kommt nicht wieder‹, sagte er. ›Mal sehen, was er jetzt tut‹. Mit diesen Worten verschwand er auf die Straße. Am nächsten Morgen erfuhren wir dann, daß Drebber tot aufgefunden worden war.‹

Madame Charpentier hatte sehr stockend gesprochen, manchmal so leise, daß ich sie kaum verstand, und immer wieder große Pausen eingelegt. Ich habe ihre Aussage Wort für Wort mitgeschrieben; sie kann nicht mehr zurück.«

»Ganz erstaunlich«, gähnte Holmes. »Und was geschah dann?«

»Ganz klar, daß ich ihr jetzt nur noch eine Frage stellen mußte, dann war der Fall gelöst. Ich faßte also Madame Charpentier scharf ins Auge, denn bei Frauen wirkt so etwas immer, und sagte: ›Wann kam Ihr Sohn nach Hause?‹

Sie antwortete erst nach nochmaliger Aufforderung: ›Das weiß ich nicht!‹

›Wieso nicht?‹

›Er hat einen Hausschlüssel.‹

›Waren Sie schon im Bett, als er kam?‹

›Ja.‹

›Wann sind Sie zu Bett gegangen?‹

›Gegen elf Uhr.‹

›Wie lange war Arthur schätzungsweise fort? Zwei Stunden?‹

›Ja.‹

›Könnten es auch vier oder fünf gewesen sein?‹

›Möglich.‹
›Und was hat er so lange gemacht?‹
›Das weiß ich nicht.‹ Sie biß sich auf die Lippen.
Damit war alles klar. Ich mußte Leutnant Charpentier nur noch verhaften. Als ich ihm die Hand auf die Schulter legte und warnte, Widerstand zu leisten, sagte er frech: ›Sie glauben wohl, ich hätte was mit dem Tod von diesem Schuft Drebber zu tun!‹ Diese Bemerkung konnte meinen Verdacht nur erhärten, denn ich hatte ihm den Grund für die Verhaftung noch gar nicht genannt.«
»So, so«, warf Holmes ein.
»Übrigens hatte er den Stock, einen schweren Eichenknüppel, von dem seine Mutter gesprochen hatte, noch bei sich.«
»Haben Sie schon eine Vorstellung, Mr. Gregson, wie die Tat geschah?«
»Es kann nur so gewesen sein, daß Leutnant Charpentier Drebber bis in die Brixton Road folgte. Dort kam es erneut zu einer Auseinandersetzung, in deren Verlauf Charpentier von seinem Knüppel Gebrauch machte. Sehr wahrscheinlich bekam Drebber den tödlichen Schlag in die Magengegend; deshalb sah man später nichts. Weil es regnete, war niemand auf der Straße; der Mörder konnte sein Opfer unbeobachtet in das leere Haus schleifen. Die Kerze, das Blut, das Wort an der Wand, der Ring – all das diente nur dazu, die Polizei irrezuführen.«
»Ausgezeichnete Arbeit!« lobte Holmes den Detektiv. »Wirklich, Sie machen Fortschritte, Gregson. Sie werden es noch weit bringen.«
»Nicht wahr, saubere Arbeit!« Gregson war sehr stolz. »Der junge Mann behauptet übrigens, Drebber hätte nach einiger Zeit bemerkt, daß er ihn verfolgte, und daraufhin in einer Droschke die Flucht ergriffen. Er habe dann auf dem Heimweg einen Kameraden vom Schiff getroffen und habe mit diesem Kameraden noch einen Bummel durch verschiedene Lokale gemacht. Als ich ihn aber fragte, wo dieser Kamerad wohnt und in welchen Lokalen sie gewesen wären, konnte er mir keine

rechte Auskunft geben. Es paßt einfach alles zu gut zusammen. Das schönste aber ist, daß Lestrade hinter dem Falschen her ist. Der wird eine Freude haben! Nanu, da ist er ja höchstpersönlich!«

Tatsächlich trat in diesem Augenblick Lestrade ins Zimmer. War das noch der angeberische, selbstbewußte Mann, den ich vor kurzem kennengelernt hatte? Er wirkte verstört, und sein Aufzug ließ die gewohnte Korrektheit vermissen. Er hatte offensichtlich erwartet, daß Holmes allein wäre, denn als er seinen Kollegen sah, blieb er wie angewurzelt stehen und drehte unschlüssig den Hut in den Händen. Schließlich stieß er hervor: »Wirklich, ein außergewöhnlicher Fall, vor allem so ungereimt.«

»So, meinen Sie, lieber Kollege?« sagte Gregson spöttisch. »Wurde allmählich Zeit, daß Sie zu dieser Erkenntnis kamen. Na, haben Sie den Sekretär, diesen Stangerson, gefunden?«

»Allerdings«, antwortete Lestrade mit Leichenbittermiene. »Der wurde heute morgen gegen sechs Uhr in Hallidays Pension ermordet.«

Ein Verbrecher wird gestellt

Gregson schnellte hoch und fegte sein Glas vom Tisch. Ich starrte auf Holmes, der betroffen die Lippen zusammenpreßte. Seine Stirn kerbte eine tiefe Falte über der Nasenwurzel.
»Stangerson auch?« murmelte er schließlich, »das kompliziert den Fall.«
»Als ob er nicht schon kompliziert genug gewesen wäre«, beschwerte sich Lestrade und zog sich einen Stuhl heran. »Mir scheint, die Herren halten gerade Kriegsrat.«
»Ist das . . . Stimmt das auch wirklich?« stotterte Gregson.
»Ich komme direkt vom Tatort«, antwortete Lestrade. »Ich habe schließlich den Mord auch entdeckt!«
»Gregson hat uns gerade berichtet, was er unternommen hat. Nun würden wir natürlich sehr gerne ebenso hören, was Ihre Nachforschungen erbracht haben«, bat Holmes den Detektiv.
»Aber gern!« Lestrade setzte sich. »Ich gebe offen zu, daß ich Stangerson für den Mörder hielt; zumindest mußte er an der Tat beteiligt gewesen sein. Nun, die neueste Entwicklung zeigt, daß ich auf dem Holzweg war. Jedenfalls machte ich mich auf die Suche nach dem Sekretär. Man hatte ihn und Drebber zuletzt noch abends so gegen 20.30 Uhr auf dem Bahnhof Euston gesehen. Drebber war dann in der gleichen Nacht gegen 2.00 Uhr in der Brixton Road gefunden worden. Es galt also herauszufinden, was Stangerson zwischen 20.30 Uhr und 2.00 Uhr getan hatte und wo er abgeblieben war. Ich schickte ein Telegramm mit seiner Beschreibung nach Liverpool und verband damit die Aufforderung, die Passagiere der für Amerika bestimmten Schiffe zu überprüfen. Ich selbst aber

machte mich auf den Weg und fragte in allen Pensionen und Hotels beim Bahnhof Euston nach Stangerson. Ich hatte mir nämlich überlegt, daß ein unschuldiger Stangerson auf irgendeine Weise von Drebber getrennt worden sein mochte. Er würde in diesem Fall sicher in der Nähe des Bahnhofs geblieben sein und sich ein Quartier gesucht haben.«
»Die beiden konnten sich natürlich auch aus bestimmten Gründen freiwillig getrennt und einen anderen Treffpunkt verabredet haben«, gab Holmes zu bedenken.
»Jedenfalls lief ich gestern den ganzen Tag vergeblich herum. Gleich heute früh machte ich mich wieder auf den Weg. Um 8.00 Uhr kam ich zu Hallidays Pension in der Little George Street. Auf meine entsprechende Frage hieß es, ja, ein Mr. Stangerson wohne hier. Ich sei ja wohl sicherlich der Herr, auf den er schon seit zwei Tagen warte.
›Wo finde ich ihn‹? fragte ich.
›Er ist noch auf seinem Zimmer. Um 9.00 Uhr wollte er geweckt werden.‹
›Dann gehe ich gleich rauf‹, sagte ich. Ich hoffte, daß mein plötzliches Auftauchen ihn dazu bringen würde, sich zu verraten. Er wohnte im zweiten Obergeschoß, der Hausdiener führte mich hinauf. Er war schon wieder halb die Treppe hinunter, als ich zu meinem Entsetzen einen dünnen Faden geronnenen Blutes bemerkte, der unter der Tür hervorkam. Unwillkürlich entfuhr mir ein Schrei, der den Hausdiener sofort zurückbrachte. Beim Anblick des Blutes wurde er fast ohnmächtig. Das Zimmer war von innen abgeschlossen. Wir warfen uns gegen die Tür und brachen sie auf. Das Zimmerfenster stand offen und davor lag zusammengekrümmt ein Mann im Nachtgewand. Er konnte noch nicht übermäßig lange tot sein; der Körper war noch nicht ganz kalt. Der Hausdiener versicherte mir, das sei der Mann, der das Zimmer unter dem Namen Stangerson belegt hatte. Die Todesursache war ein tiefer Stich in der linken Brust, der wahrscheinlich das Herz getroffen hatte. Aber das gräßlichste war . . .«

». . . mit Blut geschrieben das Wort ›Rache‹ an der Wand über dem Toten«, unterbrach ihn Holmes.
Mir lief es kalt den Rücken hinunter.
»Genau das«, bestätigte Lestrade.
Im Zimmer breitete sich unbehagliches Schweigen aus. Was in meinen Augen das Verbrechen doppelt gräßlich machte, war die Sinnlosigkeit des Mordes und die unheimliche Konsequenz des unbekannten Mörders. Ich muß sagen, unter all den Toten auf den Schlachtfeldern des Krieges hatte ich mich nie so gräßlich gefühlt wie in diesem Moment.
»Der Täter wurde übrigens beobachtet«, fuhr Lestrade fort. »Ein Junge, der Milch holen wollte, lief durch den Hof hinterm Hotel, um abzukürzen. Er sah, daß die Leiter, die dort für gewöhnlich lag, am Haus lehnte und daß im zweiten Obergeschoß ein Fenster weit offen stand. Als er sich dann noch einmal umblickte, stieg gerade ein Mann die Leiter herunter. Er tat das so gelassen, daß ihn der Junge für einen Handwerker hielt, der im Hotel zu tun hatte. Er wunderte sich nur, wie früh der Mann mit der Arbeit begonnen hatte. So ganz nebenbei registrierte er noch, daß der Mann groß war, eine sehr gesunde Gesichtsfarbe hatte und einen langen bräunlichen Rock trug. Er muß sich übrigens nach der Tat noch ein Weilchen im Zimmer aufgehalten haben. Wir fanden Blutspuren im Waschbecken und am Handtuch.«
Als Lestrade auf das Äußere des Mörders einging, warf ich einen Blick auf Holmes. Aber der zeigte keinerlei Genugtuung, daß die Beschreibung exakt mit der übereinstimmte, die er gegeben hatte.
»Fand sich irgend etwas im Zimmer, wonach man den Mörder identifizieren könnte?« fragte er gespannt.
»Nichts dergleichen. In Stangersons Tasche stak Drebbers Geldbeutel, was aber nichts bedeuten muß, denn es war Stangerson, der stets das Finanzielle erledigte. An Geld fanden sich darin etwas über achtzig Pfund. So wird man annehmen dürfen, daß ein Raubmord nicht in Frage kommt. An Schriftli-

chem fand sich beim Toten nur ein Telegramm. Es war etwa einen Monat alt und kam aus Cleveland. Drin stand: ›J. H. ist in Europa.‹ Ein Umschlag mit Adresse oder Absender fehlte.«

»War das alles?« fragte Holmes.

»Ach, wir fanden nur noch so'n paar Kleinigkeiten. Auf dem Bett lag Stangersons Einschlaflektüre und auf dem Stuhl daneben seine Pfeife. Dann stand da noch ein Glas Wasser auf dem Nachttisch, und auf dem Fensterbrett lag ein hölzernes Döschen mit Pillen.«

Holmes sprang wie von der Tarantel gestochen auf und rief begeistert: »Das ist das fehlende Glied! Damit ist der Fall komplett.«

Beide Detektive starrten ihn erstaunt an.

»Ein paar Einzelheiten fehlen mir noch, aber das wichtigste weiß ich«, sagte mein Wohngenosse im Brustton der Überzeugung. »Ich kann Ihnen haargenau erzählen, was geschah, von dem Moment an, da sich Drebber und Stangerson am Bahnhof trennten, bis zu dem Moment, da Sie, Lestrade, Stangerson tot fanden – so, als ob ich dabeigewesen wäre. Und ich will es Ihnen gerne beweisen. Sie haben nicht zufällig die besagten Pillen dabei?«

»Doch«, antwortete Lestrade und zog ein weißes Döschen aus der Tasche. »Ich nahm Geldbörse und Telegramm mit, um sie sicher auf dem Revier zu verwahren. Daß ich die Pillen einsteckte, ist reiner Zufall. Die haben ja überhaupt keine Bedeutung.«

»Trotzdem, her damit!« kommandierte Holmes. Dann wandte er sich an mich: »Wie ist das, Doktor, sind das handelsübliche Pillen?«

Perlgrau, klein, rund und durchscheinend, waren sie das ganz bestimmt nicht. »Nicht unbedingt; sie sehen so aus, als ließen sie sich gut in Wasser auflösen«, antwortete ich.

»Genau«, stimmte Holmes mir zu. »Würden Sie jetzt bitte den kranken Terrier holen. Sie wissen, unsere Vermieterin bat Sie gestern, ihn von seinen Leiden zu erlösen.«

Ich tat ihm den Gefallen. Der Hund in meinen Armen röchelte und verdrehte die Augen. Er schien kurz vor dem Ende. Nach den weißen Haaren um Schnauze und im Fell hatte er auch die ihm zugemessene Lebenszeit erfüllt. Ich legte das Tier auf ein Kissen auf den Teppich.

»Ich halbiere jetzt eine dieser beiden Pillen«, sagte Holmes, zog ein Taschenmesser und schritt zur Tat. »Eine Hälfte tue ich zum späteren Gebrauch in die Schachtel zurück. Die andere werfe ich in dieses Weinglas und füge etwa einen Teelöffel Wasser dazu. Sie sehen, unser guter Doktor hat recht, die Pille löst sich ohne Rückstand auf.«

»Das mag ja recht interessant sein« – Lestrade fühlte sich offensichtlich auf den Arm genommen –, »aber ich vermag nicht zu erkennen, was das mit Stangersons Tod zu tun haben soll.«

»Geduld, nur Geduld, mein Lieber. Sie werden gleich sehen, wieviel – nein, daß mein Experiment alles damit zu tun hat. Jetzt noch ein bißchen Milch dazu, dann schmeckt's besser. So, mein braves Hundchen, nun schlabber mal schön.«

Er kippte die Flüssigkeit in ein Schüsselchen und stellte es dem Hund unter die Schnauze. Der trank begierig. Der Ernst, mit dem Holmes ans Werk gegangen war, wirkte sehr überzeugend. Wir starrten alle gebannt auf das Tier und warteten auf das große Ereignis. Aber es tat sich rein gar nichts. Der Hund lag auf seinem Kissen und röchelte weiter.

Holmes hatte seine Taschenuhr herausgeholt und starrte darauf. Als Minute um Minute ereignislos verstrich, breiteten sich Ärger und Enttäuschung in seinem Gesicht aus. Er nagte an den Lippen, trommelte mit den Fingern nervös auf den Tisch und zeigte alle Symptome heftiger Ungeduld. Er tat mir in diesem Moment richtig leid. Die beiden Detektive aber grinsten schadenfroh.

»Es kann kein Zufall sein!« Holmes sprang auf und lief mit heftigen Schritten im Zimmer auf und ab. »Schon bei Drebber habe ich an Pillen gedacht, und jetzt findet man welche bei Stangerson. Aber sie wirken nicht, warum? Unmöglich kann meine ganze logische Ableitung falsch sein. Das gibt es nicht. Und doch zeigt dieser Hund keinerlei Wirkung. – Jetzt hab' ich's.« Mit diesem Freudenschrei schnappte er nach dem Döschen, holte die zweite Pille heraus, löste eine Hälfte in Wasser, tat Milch dazu und goß das Gebräu dem Hund in die Schüssel. Das arme Tier hatte kaum die Zunge hineingestreckt, da ging ein krampfhaftes Zucken durch seine Glieder, und es lag steif und still.

Holmes seufzte erleichtert auf und wischte sich den Schweiß von der Stirn. »Ich hätte nicht an mir zweifeln dürfen. So, wie die Dinge standen, konnte ein nicht passender Baustein unmöglich das ganze Gedankengebäude zusammenbrechen lassen. Es galt bloß, die richtige Interpretation zu finden. Nur eine der beiden Pillen in der Schachtel enthielt das tödliche Gift. Es konnte gar nicht anders sein. Das hätte ich wissen müssen, bevor ich die Pillen überhaupt sah.«

Diese letzte Behauptung erschien mir so kühn, daß ich sie gar nicht ernst nehmen mochte. Aber da lag der tote Hund. Also mußte sie doch stimmen. Der Nebel schien sich zu lichten, und ich glaubte zu erkennen, wie sich die Geschichte in Wahrheit abgespielt hatte.

»Sie blicken nur deshalb nicht durch«, fuhr Holmes fort, »weil Sie zu Beginn der Untersuchung den Kernpunkt des Falles nicht erfaßten. Ich hatte das Glück, gleich darauf zu stoßen. Und dann hat sich alles, was weiter geschah, zwanglos dem Bild eingefügt, das ich mir vom Fall gemacht hatte. Was Ihnen Kopfzerbrechen verschaffte und alles nur noch komplizierter erscheinen ließ, gab mir zusätzliche Aufschlüsse und bestärkte mich in meinen Folgerungen. Man darf ausgefallen nicht mit mysteriös oder geheimnisvoll gleichsetzen. Ein ganz alltägliches Verbrechen ist oft genug überaus mysteriös, weil ihm alle Besonderheiten fehlen, an denen die Kunst der logischen Folgerung ansetzen könnte. Unser Fall beispielsweise wäre unendlich viel schwieriger zu lösen gewesen, hätte man den Toten auf der Straße gefunden und hätte es nicht diese sensationellen Be-

gleitumstände gegeben. Sie haben die Aufklärung nicht erschwert, im Gegenteil, sie haben sie erleichtert.«
Gregson hatte sich den Vortrag mit zunehmender Ungeduld angehört. Aber jetzt konnte er sich nicht länger zurückhalten und platzte heraus: »Lieber Mr. Holmes, wir sind ja alle gern bereit anzuerkennen, daß Sie überaus tüchtig sind und Ihre eigenen Methoden haben. Trotzdem hätten wir jetzt gern ein bißchen was gehört, womit wir etwas anfangen können, und nicht einen theoretischen Vortrag. Es geht darum, einen Mörder zu fassen. Was ich dazu getan habe, war, so scheint es, ein Schlag ins Wasser. Charpentier kann unmöglich den zweiten Mord begangen haben. Lestrade hat mit Stangerson offensichtlich ebenfalls eine Niete gezogen. Aus Ihren Andeutungen muß ich schließen, daß Sie mehr wissen als wir. Es ist allmählich an der Zeit, daß Sie mit der Sprache herausrücken.«
Lestrade hieb in die gleiche Kerbe: »Ich muß Gregson recht geben. Wir haben uns beide vergeblich bemüht. Sie dagegen deuteten, seit ich hier bin, schon mehr als einmal an, daß Sie alles wissen. Sicher werden Sie damit nicht länger hinter dem Berg halten.«
»Jegliche Verzögerung einer Festnahme des Mörders«, ergänzte ich, »könnte ihm Gelegenheit geben, ein neues Verbrechen zu begehen.«
Derart von allen Seiten bedrängt, schien Holmes' Zurückhaltung ins Wanken zu geraten. Er nahm seine Wanderung im Zimmer wieder auf. Nach der Kopfhaltung und der tiefen Stirnfalte zu urteilen, dachte er angestrengt nach. Schließlich blieb er abrupt stehen und blickte uns drei eindringlich an.
»Es wird keinen Mord mehr geben«, sagte er. »Diesen Punkt können Sie aus Ihren Überlegungen ausklammern. Ja, ich kenne den Namen des Mörders. Aber was nützt uns der Name? Wir brauchen den Mann. Ich habe Maßnahmen ergriffen, die ihn in unsere Hände bringen müssen. Aber es gilt, mit äußerster Vorsicht ans Werk zu gehen, denn wir haben es mit einem schlauen und zu allem fähigen Mann zu tun. Er hat einen Hel-

fer, davon habe ich mich selbst überzeugen können, der ebenso tüchtig ist wie er selbst. Nur solange sich der Verbrecher in Sicherheit wiegt, können wir hoffen, ihn dingfest zu machen. Schöpft er auch nur den geringsten Verdacht, nimmt er einen anderen Namen an und verschwindet spurlos unter den vier Millionen Bewohnern dieser Stadt. Ich will Sie nicht beleidigen, aber diese beiden Männer sind eine Nummer zu groß für die Polizei. Deshalb bitte ich Sie auch nicht um Ihre Unterstützung. Wenn etwas schiefgeht, dann soll die Verantwortung bei mir liegen; ich kann sie tragen. Im Moment kann ich Ihnen nur versprechen, daß Sie mehr erfahren sollen, sobald die Umstände und meine Pläne das erlauben.«

Ich hatte nicht das Gefühl, daß Gregson und Lestrade von dieser Versicherung oder der abschätzigen Bemerkung über die staatliche Detektivtruppe erbaut waren. Gregson wurde rot bis zu den Wurzeln seines gelben Haares, und Lestrade starrte verbissen gegen die Wand. Keiner von beiden kam dazu, etwas zu erwidern, denn in diesem Moment klopfte es an die Tür, und herein kam Wiggins, der Anführer der Gassenjungen.

Er grüßte militärisch, indem er die Hand an eine imaginäre Mütze legte und sagte: »Entschuldigung, Sir, aber ich hab' die Droschke unten.«

»Ausgezeichnet, mein Junge!« lobte Holmes und fuhr dann, als hätte es die Unterbrechung nicht gegeben, fort: »Sie sollten dieses Modell bei Scotland Yard einführen.« Er nahm ein paar stählerne Handschellen aus der Schublade. »Sie funktionieren fantastisch einfach und zuverlässig.«

»Erst müssen wir den Mann haben, und dann tut's auch unser Modell«, entgegnete Lestrade mürrisch.

»Wenn Sie meinen«, lächelte Holmes. »Ach, der Droschkenkutscher könnte mir eigentlich beim Gepäck helfen. Wiggins, bitte ihn doch mal heraufzukommen.«

Daß mein Wohngenosse verreisen wollte, wunderte mich; er hatte gar nichts davon gesagt. Holmes kniete nieder, zog einen Handkoffer unter dem Sofa hervor und begann am Riemen zu

nesteln. Als der Kutscher ins Zimmer trat, war er immer noch damit beschäftigt. Ohne den Kopf zu heben und ohne sich umzudrehen, sagte er zu ihm: »Ach, guter Mann, helfen Sie mir doch bitte mal, ich kriege den Deckel nicht zu.«
Der Mann trat widerwillig heran, beugte sich über den Koffer und legte beide Hände nebeneinander auf den Deckel. In diesem Augenblick klirrte Metall. Man hörte ein scharfes Klicken. Holmes sprang auf und rief mit blitzenden Augen: »Meine Herren, hier haben Sie Mr. Jefferson Hope, den Mörder von Enoch J. Drebber und Joseph Stangerson.«
Das geschah so schnell, daß ich die Einzelheiten gar nicht alle mitbekam. Doch heute noch sehe ich die Szene vor mir. Holmes' triumphierender Ausdruck, der Klang seiner Stimme, das in maßloser Verblüffung erstarrte Gesicht des Kutschers, der auf die blitzenden Handschellen stierte, die wie durch Zauberei an seinen Handgelenken erschienen waren. Für ein paar Sekunden hätte man uns alle für Statuen halten können. Dann befreite sich der Gefangene mit einem wilden Schrei der Wut aus Holmes' Griff und warf sich gegen das Fenster. Glas barst, Holz splitterte. Aber noch bevor er hinaushechten konnte, warfen sich Gregson, Lestrade und Holmes wie eine Meute Hetzhunde auf ihn und zerrten ihn ins Zimmer zurück. Und dann begann eine schreckliche Balgerei. Immer wieder schüttelte der Mann uns alle vier ab. Er entwickelte Kräfte wie ein Epileptiker bei einem Anfall. Beim Versuch, durchs Fenster zu fliehen, hatte er sich an Fäusten und Gesicht erheblich verletzt. Doch der Blutverlust beeinträchtigte in keiner Weise seinen Widerstand. Erst als Lestrade sein Halstuch zu fassen bekam und zudrehte, so daß er keine Luft mehr kriegte, gab er auf. Sicherheitshalber fesselten wir ihm auch noch die Füße, um ihn ganz sicher zu haben. Erst dann wagten wir, uns hinzusetzen und zu verschnaufen.
»Er kann mit seiner eigenen Kutsche nach Scotland Yard gebracht werden«, sagte Holmes. Lächelnd fuhr er fort: »Jetzt ist es also gelüftet, mein kleines Geheimnis. Jetzt werde ich jede Frage beantworten.«

In der Salzwüste

Im Herzen Nordamerikas liegt eine wasserlose, menschenfeindliche Wüste. Lange gebot sie dem Vordringen der Zivilisation nach Westen Einhalt. Ödnis und Stille herrschen von der Sierra Nevada bis nach Nebraska, vom Yellowstone im Norden bis zum Colorado im Süden. Einförmig allerdings ist dieses schreckliche Gebiet nicht. Es kennt hohe, schneebedeckte Berge und düstere Täler. Reißende Flüsse tosen in tiefen Cañons, und weit dehnen sich Ebenen, weiß von Schnee im Winter und grau vom Salz im Sommer. Doch unwirtlich abweisend, unfruchtbar und trostlos zeigt sich überall das Land. Es ist menschenleer und ohne Hoffnung. Gelegentlich mag ein Trupp Pawnee- oder Schwarzfußindianer hindurchziehen, der auf dem Weg zu neuen Jagdgründen ist. Doch auch der härteste Krieger atmet auf, wenn seine Füße wieder das Gras der Prärie umschmeichelt. Nur wenige Bewohner kennt diese lebensfeindliche Wüste: den Schakal, der im Busch lauert, den mit trägen Flügelschlägen endlos in den Lüften kreisenden Bussard und den durch die Schluchten trottenden Grisly, der seine kärgliche Nahrung zwischen den Felsen sucht.

Es gibt auf der ganzen Welt wohl kein trostloseres Bild als das, das sich dem Betrachter bietet, der von der Nordflanke der Sierra Blanco ins Land schaut. So weit der Blick reicht, breitet sich eine endlose Ebene, gesprenkelt mit Salzkrusten und zwergwüchsigen Chapparal-Büschen. Nur weit hinten am Horizont erhebt sich eine Bergkette, deren Gipfel ewiger Schnee bedeckt. Nichts rührt sich, nirgendwo erspäht das suchende Auge eine Spur von Leben. Kein Vogel schwebt vor dem tief-

blauen Himmel, keine Bewegung stört das stumpfe Grau des Bodens. Nicht der Hauch eines Geräusches dringt an das angestrengt lauschende Ohr, nur beklemmendes Schweigen.
Doch halt, da ist doch eine Spur, die das Leben hinterließ. Ein Pfad kommt aus der am Horizont in Grau verschwimmenden Wüste. Eingekerbt haben ihn die Räder vieler Wagen und ausgetreten die Füße zahlloser Abenteurer. Was glänzt so weiß neben ihm in der Sonne? Geh hin und schau nach: Es sind Knochen, große und kleine, grobe und feine, Knochen von Ochsen und von Menschen. An die zweitausendfünfhundert Kilometer markieren sie und erinnern an das Leben, das an diesem Weg des Grauens sein Ende fand.
Dieser Anblick bot sich am 4. Mai des Jahres 1847 einem großgewachsenen Mann. Er sah aus, als habe die Landschaft in ihm Gestalt gewonnen. War er vierzig Jahre alt oder sechzig? Das Gesicht ausgezehrt, die braune pergamentene Haut straff über die vorspringenden Knochen gespannt, das lange braune Haar von Haupt und Bart mit weißen Fäden durchzogen, die unnatürlich glänzenden Augen tief in den Höhlen, kein Gramm Fleisch an der Hand, die das Gewehr umklammerte. Obwohl er sich wie ein hinfälliger Greis auf seine Waffe stützte, machte er den Eindruck eines kräftigen und zähen Mannes. Doch das Gesicht, das einem Totenschädel ähnelte, und die Kleider, die um einen zum Skelett abgemagerten Körper schlotterten, verrieten nur zu deutlich, daß hier kein hinfälliger Greis stand, sondern ein Mann, der, geplagt von Hunger und Durst, den Tod vor Augen sah. Mit letzter Kraft hatte er sich zu dem Felsen, auf dem er stand, emporgearbeitet, getrieben von der schwachen Hoffnung, irgendwo ein Anzeichen für Wasser zu erspähen. Doch er sah nur Salz und Wüste und weit in der Ferne die Kette der Berge. Kein Kraut, kein Baum verhießen eine Spur von Feuchtigkeit. Wohin er auch schaute, er fand kein Zeichen der Hoffnung im weiten Land. Da wußte er, daß seine Wanderung zu Ende war, daß es auf dieser kahlen Klippe ans Sterben ging.

»Ob hier oder in zwanzig Jahren im Federbett, was tut's«, murmelte er, ließ die nutzlose Flinte fallen und setzte das große, schwere graue Bündel, das er über der rechten Schulter trug, unsanft auf den Boden. Sofort ertönte ein ärgerlicher Schrei, und aus dem Stoff tauchten zwei kleine schmutzige Kinderfäuste auf und ein empörtes Gesicht mit großen braunen Augen.

»Du hast mir wehgetan«, ertönte es vorwurfsvoll.

»Wirklich?« antwortete der Mann betrübt. »Es war nicht absichtlich.«

Er schlug das Tuch auseinander. Zum Vorschein kam ein etwa fünfjähriges Mädchen. Es war blaß und schwach, schien aber noch weit besser bei Kräften als sein Gefährte.

»Tut es noch weh?« fragte er besorgt, denn sie rieb sich immer noch den mit goldenen Locken bedeckten Kopf.

»Du mußt mir einen Kuß darauf geben, dann geht der Schmerz weg«, kommandierte die Kleine und neigte den Kopf. »So hat es Mami immer gemacht. Wo ist Mami?«

»Deine Mutter ist fort. Aber du wirst sie bald wiedersehen.«

»Fort?« fragte das Mädchen. »Aber sie hat mir doch gar nicht auf Wiedersehen gesagt. Warum kommt Mami nicht? Ich habe solchen Durst! Ich möchte trinken!«

»Wir haben nichts zu trinken, Schatz. Aber bald wirst du alles haben, was du möchtest. Komm, leg dich in meinen Schoß. Dann ist's gleich besser. Was hast du denn da?«

»Gell, die sind schön?« Das Kind zeigte ihm lächelnd zwei bunte Steinchen. »Wenn wir wieder zu Hause sind, schenke ich die meinem Bruder Bob.«

»Bald wirst du viel schönere Sachen haben«, sagte der Mann zuversichtlich. »Es dauert nur noch ein Weilchen. Erinnerst du dich noch an den letzten Fluß?«

»O ja.«

»Du weißt doch, wir glaubten, bald den nächsten zu finden. Aber irgend etwas ging schief; entweder stimmte die Karte nicht, oder der Kompaß war nicht in Ordnung. Das Wasser ging zu Ende. Nur für dich blieb noch ein Tropfen. Und dann, dann . . .«

»Konntest du dich nicht waschen«, unterbrach ihn ganz ernsthaft das Kind.

»Ja, und nicht trinken. Mr. Bender blieb als erster zurück. Dann Indianerpeter, Mrs. McGregor, Johny Hones und auch deine Mutter.«

»Wo ist meine Mami, ich möchte zu meiner Mami!« Das Kind begann bitterlich zu weinen. Der Mann wiegte es tröstend in seinen Armen, bis das trockene Schluchzen verebbte; dann fuhr er fort: »Nur du und ich blieben übrig. Ich nahm dich auf den Rücken und ging hierher, weil ich hoffte, Wasser zu finden. Aber hier ist auch keins.«

»Müssen wir jetzt sterben?« fragte die Kleine.

»Es sieht so aus.«

»Komme ich dann zu meiner Mami?«

»Ja, bestimmt, mein Schatz.«

»Du mußt aber auch mit, damit ich Mami erzählen kann, wie lieb du bist. Mami hat sicher einen großen Krug mit Wasser für uns und heiße Pfannkuchen mit Honig, so wie Bob und ich sie mögen. Dauert es noch lange?«

»Ich weiß nicht – nein, sicher nicht.« Der Mann schaute angestrengt nach Norden. Im dunklen Blau des Himmels zeigten sich drei Punkte, die schnell an Größe zunahmen. Bald wurden sie zu drei graubraunen großen Vögeln. Sie kreisten über dem Mann und dem Kind und ließen sich dann auf einem Felsen in der Nähe nieder. Dort hockten sie und beäugten scharf die beiden Verschmachtenden. Es waren Bussarde, die Geier des Westens, deren Kommen stets verheißt, daß sich ein Lebewesen seinem Ende nähert.

»Schau mal, Hühner«, freute sich das Kind und klatschte in die Hände, um die Vögel zum Auffliegen zu bringen. »Sag mal, hat Gott auch dieses Land gemacht?«

»Aber gewiß doch«, antwortete der Mann erstaunt.

»Wenn er Illinois gemacht hat und Missouri, dann hat das Land hier sicher jemand anders gemacht. Es ist so häßlich, ich mag es nicht. Gott hätte bestimmt nicht Wasser und Bäume vergessen.«

»Ich denke, du solltest jetzt dein Gebet sagen«, schlug der Mann zögernd vor.

»Aber es ist doch noch nicht dunkel!«

»Das macht nichts. Mit Gott kann man immer sprechen, nicht nur am Abend.«

»Warum betest du nicht auch?« fragte das Kind und schaute den Mann mit großen Augen an. Dem stieg Röte in die Wangen, und er sagte scheu: »Ich kann nicht beten. Ich weiß kein Gebet. Zum letzten Mal betete ich, da war ich gerade halb so groß wie meine Büchse hier. Aber es ist sicher nie zu spät, wieder damit anzufangen. Sag du mir die Worte, und ich will sie nachsprechen.«

»Dann mußt du aber auch hinknien, hier neben mir«, befahl das Kind und breitete das Tuch auf dem Boden aus. »Und du mußt die Hände falten – so, nicht so!«

Nur die Bussarde sahen das rührende Bild: Nebeneinander knieten die beiden auf dem schmalen Tuch, das kleine, unmündige Kind und der kühne, in tausend Gefahren erprobte Abenteurer. Hier das runde Kindergesicht und da das ausgezehrte Antlitz des Mannes, beide dem wolkenlosen Himmel zugewandt. Leicht und klar die eine Stimme, rauh und tief die andere, flehten sie in gemeinsamem Gebet vereint das furchtbare Wesen da oben aus tiefstem Herzen um Gnade und Vergebung an. Als sie ihr Gebet beendet hatten, setzten sie sich wieder in den Schatten der Felsblocks. Das Kind suchte eine bequeme Lage im Arm des Mannes und schlief ein. Er behütete seinen Schlummer. Doch bald verlangte auch bei ihm die Natur ihr Recht, denn drei Tage und Nächte hatte er weder Rast noch Ruhe gekannt. Die Augen fielen ihm zu, der Kopf sank ihm auf die Brust. Graues Barthaar mischte sich mit goldblonden Locken, tiefer und traumloser Schlaf umfing die beiden.

Wäre der Mann nur eine halbe Stunde länger wach geblieben,

hätte sich seinen Augen eine seltsame Erscheinung geboten. Weit hinten in der Salzwüste erschien ein Wölkchen. Ganz klein zunächst und kaum zu unterscheiden vom Dunst, der über der Ebene lag. Doch das Wölkchen wurde breiter und höher, wuchs zur deutlich erkennbaren Wolke. Immer größer wurde sie, bis kein Zweifel mehr daran bestehen konnte, daß es eine Staubwolke sein mußte, aufgewirbelt von vielen Lebewesen. In einer fruchtbareren Gegend mochte sich eine Herde wandernder Bisons dahinter verbergen, doch nicht in dieser Einöde. Schließlich schälten sich aus dem Staub Planwagen und bewaffnete Reiter. Es war eine große Karawane, auf dem Weg nach Westen, die sich näherte. Nein, sie war nicht groß, sie war riesig.

Die Spitze hatte schon den Fuß der Berge erreicht, da war das Ende des Zuges noch nicht in Sicht. Quer über die weite, salzbedeckte Ebene erstreckte sich ein endloses Band von Wagen, Reitern und Fußgängern. Frauen schwankten unter schweren Lasten dahin, um die Wagen hüpften Kinder, lugten unter Planen hervor. Das waren keine Auswanderer. Das mußte ein ganzes Volk sein, das auf der Wanderschaft war. Räder knarrten, Rosse wieherten, weithin klang das Getöse des wandernden Volkes. Doch aller Lärm vermochte nicht, die beiden Schläfer zu wecken.

Die Spitze des Zuges bildete eine Gruppe von vielleicht zwanzig grimmig dreinblickenden Männern in dunkler Kleidung, gefertigt aus selbstgewebtem Stoff und bewaffnet mit Flinten. Am Fuß der Erhebung machten sie halt.

»Die Wasserstellen liegen rechts, Brüder«, sagte einer, ein schmallippiger, glattrasierter Mann mit grauem Haar.

»Rechts am Fuß der Sierra Blanco stoßen wir auf den Rio Grande«, sagte ein zweiter, und ein dritter rief laut: »Fürchtet nicht um Labung, denn der, der Wasser aus dem Felsen fließen ließ, wird sein Volk nicht verschmachten lassen.«

»Amen, Amen«, antworteten alle im Chor und schickten sich an, weiter zu reiten. Da stieß einer der jüngsten einen Ruf der

Überraschung aus und deutete nach oben, wo er mit scharfem Auge ein rosa Band auf dem grauen Fels erspäht hatte. Die Reiter zügelten die Pferde und machten die Büchsen schußfertig. Sie dachten nur eines: Rothäute.

»Indianer können es nicht sein«, meinte der ältere Mann; offensichtlich führte er das Kommando. »Die Jagdgründe der Pawnee liegen hinter uns, und auf die nächsten Indianer treffen wir erst im Gebirge.«

»Laßt mich hinaufklettern und nachschauen, was es ist, Bruder Stangerson«, schlug einer aus der Gruppe vor.

»Mich auch, mich auch!« rief ein Dutzend von anderen.

»Gut, die, die hierbleiben, kümmern sich um eure Pferde«, stimmte der Alte zu.

Die jungen Burschen sprangen aus dem Sattel und erklommen schnell, aber geräuschlos und jede Deckung nutzend den Fels, auf dem das rosa Band flatterte. Allen voran war jener junge Mann, der es als erster erspäht hatte. Mit einem Mal sah man ihn wie angewurzelt stehenbleiben und die Hand heben, wie um den Nachfolgenden zu bedeuten, leise aufzutreten. Sie versammelten sich um ihn und verharrten regungslos wie er, betroffen und gerührt von dem Anblick, der sich ihren Augen bot. Auf dem kahlen Fels saß an einem großen Felsblock gelehnt ein großer, extrem dünner Mann mit Vollbart und eingefallenem Gesicht, über dem ein friedliches Lächeln lag. Kaum merkbar hob und senkte sich die Brust. Auch die roten Lippen des Kindes umspielte ein Lächeln. Leicht geöffnet gaben sie zwei Reihen perlweißer Zähnchen frei. Der Gegensatz konnte kaum größer sein: hier der mumienhaft ausgetrocknete Körper des Mannes und daneben die prallen, kindlich unfertigen Glieder des Mädchens. Und dazu dann oben auf dem Felsblock die drei großen graubraunen Vögel. Als die jungen Männer keine Anstalten machten, wieder zu gehen, schrien die Bussarde ärgerlich und strichen mit schweren Flügelschlägen ab. Dadurch erwachten die beiden Schläfer. Schlaftrunken blickten sie um sich. Der Mann rappelte sich auf. Sein Blick fiel auf die Ebene.

Verwirrt schüttelte er den Kopf. Wo vorher, als er die Augen schloß, nichts als Sand und Salz zu sehen gewesen waren, wimmelte es nun von Leben. Er fuhr sich mit der Hand über die Augen, wollte dem Bild nicht glauben, das sich ihm bot. Schließlich flüsterte er: »Es muß eine Wahnvorstellung sein.« Auch das Kind hatte sich inzwischen aufgerichtet, stand, an seinen Rock geklammert, neben ihm.
Doch die Sinnestäuschung erwies sich sehr schnell als Realität. Einer der jungen Männer setzte das Kind auf seine Schultern, zwei der anderen griffen dem Mann unter die Arme und halfen ihm den Fels hinab zu den Wagen.
»Ich bin John Ferrier«, erklärte er. »Zwanzig waren wir. Sind alle verdurstet, außer dem Kind und mir.«
»Ist das Ihre Tochter?« fragte einer der Retter.
»Jetzt ja«, entgegnete der Mann mit Nachdruck. »Ich habe das Kind gerettet, keiner darf es mir mehr wegnehmen. Von diesem Tag an ist Lucys Name Ferrier. Aber wo kommt ihr her?« Fragend blickte er seine Retter an. »Ihr scheint ja nicht gerade wenige zu sein.«
»An die Zehntausend«, erwiderte einer. »Wir sind die verfolgten Kinder Gottes, die Auserwählten des Engels Merouna.«
»Noch nie was von gehört«, erwiderte John Ferrier. »Scheint ja 'ne ganze Menge auserwählt zu haben.«
»Darüber sollten Sie sich besser nicht lustig machen«, kam sofort die Zurechtweisung. »In Tafeln aus purem Gold sind die Regeln eingegraben, nach denen wir leben. In Palmyra hat sie ein Engel Joseph Smith, dem Heiligen, überreicht. Unseren Tempel erbauten wir in Nauvoo in Illinois. Gewalttätige und böse Menschen haben uns von dort vertrieben. So sind wir jetzt auf der Suche nach einer Zuflucht. Wir werden sie finden und sei es im Herzen der Wüste.«
Von Nauvoo hatte Ferrier offensichtlich schon einmal gehört, denn er sagte: »Ach, ihr seid Mormonen.«
»Ja, wir sind Mormonen, die ›Heiligen der letzten Tage‹«, antwortete die ganze Gruppe wie aus einem Munde.

»Wohin zieht ihr?«
»Wir haben kein bestimmtes Ziel. Gott selbst lenkt unsere Schritte durch den Mund unseres Propheten. Wir bringen dich zu ihm, damit er entscheidet, was mit dir geschieht.«
Die kleine Gruppe hatte inzwischen den Wagenzug am Fuß des Felsens erreicht und tauchte ein in die Menge von blassen, zurückhaltend wirkenden Frauen, kräftigen, fröhlich herumspringenden Kindern und sorgenvoll dreinblickenden Männern. Als man auf die beiden Fremden aufmerksam wurde, ertönten laute Ausrufe des Staunens und des Mitleids. Sie galten einerseits der zarten Schönheit des Kindes und andererseits dem erbärmlichen Zustand des Mannes. Schnell folgte der kleinen Gruppe, die sich unbeirrt ihren Weg durch den Wagenzug bahnte, eine große Schar schwatzender Menschen. Schließlich erreichten Ferrier und seine Begleiter einen auffallend großen, reichverzierten Planwagen. Sechs Pferde waren davor gespannt, während vor den anderen Wagen nur zwei, höchstens vier Tiere das Zuggeschirr trugen. Neben dem Lenker saß ein schätzungsweise dreißig Jahre alter Mann mit hocherhobenem Haupt und herrscherlichem Blick. Als die Gruppe vor ihm haltmachte, legte er das in Leder gebundene Buch, in dem er gelesen hatte, beiseite. Aufmerksam lauschte er dem Bericht des Anführers. Dann wandte er sich an die beiden Geretteten und begann in feierlichem Ton:
»Wenn ihr mit uns ziehen wollt, müßt ihr euch zu unserem Glauben bekennen. Wir wollen keine Wölfe in unserer Herde. Besser, eure Gebeine bleichen in der Wüste, als daß ihr wie das Fleckchen Fäulnis schließlich die ganze Frucht verderbt. Wollt ihr euch diesen Bedingungen unterwerfen?«
»Schätze, mir ist jede Bedingung recht, wenn ich nur mit euch ziehen darf.« Das kam so aus vollem Herzen, daß die Umstehenden ein Lächeln nicht unterdrücken konnten. Nur der Prophet blieb ernst.
»Bruder Stangerson«, sagte er, »gebt ihnen zu trinken und zu essen. Und unterweist die beiden in unserem Glauben. Doch

jetzt genug des Redens. Laßt uns weiter wandern, wir haben lange genug gesäumt. Auf nach Zion!«

»Auf nach Zion!« riefen alle Mormonen. Und der Ruf pflanzte sich von Mund zu Mund im langen Zug der Wagen fort, bis er als Murmeln in der Ferne verklang. Unter dem Knallen der Peitschen und dem Knarren und Quietschen der Räder setzte sich die lange Schlange von Fahrzeugen und Menschen wieder in Bewegung. Stangerson aber führte seine beiden Schutzbefohlenen zu seinem Wagen, wo ihrer bereits ein Mahl wartete.

»Betrachtet diese arme Hütte als euer Heim«, sagte er. »Es wird ein paar Tage dauern, bis ihr euch erholt haben werdet. Vergeßt eins nie: ihr seid jetzt und für immer unseres Glaubens. So sprach Brigham Young, und er sprach mit der Stimme Joseph Smith's, aus dem Gott spricht.«

Die Blume von Utah

Hier ist nicht der Platz zu erzählen, was die Mormonen erlebt und durchlitten haben, bis sie eine neue Heimat fanden. Die Beharrlichkeit, mit der sie sich vom Mississippi bis auf die Westseite der Rocky Mountains durchkämpften, kennt kaum Parallelen in der Geschichte. Mit angelsächsischer Zähigkeit begegneten sie den Angriffen wilder Indianer und Tiere, überwanden Hunger, Durst, Erschöpfung und Krankheit, kurz jedes Hindernis, das ihnen eine feindliche Natur in den Weg legte. Doch der lange Marsch mit seinen vielen Schrecken hatte ihren Mut auf eine harte Probe gestellt. So gab es keinen, der nicht auf die Knie sank und Gott aus tiefstem Herzen dankte, als sie in das sonnenüberglänzte Tal von Utah hinabblickten und Brigham Young verkündete, daß vor ihnen das verheißene Land lag, daß dieser jungfräuliche Boden für immer der ihre sein sollte.

Brigham Young bewies als Verwalter ebensolche Qualitäten, wie als Führer auf dem Marsch. Schnell war der Plan zu einer neuen Stadt fertig. Das umliegende Land wurde in Farmen aufgeteilt und jedem gemäß seinem Rang zugewiesen. Händler und Handwerker nahmen ihre Tätigkeit auf. Straßen wurden angelegt, Häuser wuchsen aus dem Boden, bildeten eine kleine Stadt, die schnell größer wurde. Auf dem Land zogen fleißige Hände Gräben und Zäune, rodeten und pflanzten. Kaum war ein Jahr vergangen, wogten im ganzen Tal golden die Weizenfelder. Alles gedieh den Siedlern. Und im Zentrum wuchs der Tempel, wurde immer größer und schöner. Vom ersten Morgengrauen bis weit in die Abenddämmerung sangen die Häm-

mer und Sägen ihr Lied zu Ehren des Gottes, der die Mormonen sicher durch alle Gefahren geführt hatte.
Die beiden Verirrten waren bei den Mormonen geblieben. Lucy Ferrier teilte Geborgenheit und Schutz des Wagens des Ältesten Stangerson mit seinen drei Frauen und seinem Sohn, einem eigenwilligen und vorlauten Zwölfjährigen. Lucy, sie war ja noch sehr klein, hatte den Tod der Mutter schnell verwunden. Sie war bald der Liebling der Frauen und fühlte sich in ihrem rollenden Heim ganz zu Hause. Ferrier erwies sich, sobald er wieder zu Kräften gekommen war, als tüchtiger Kundschafter und unermüdlicher Jäger. Sein Ansehen bei den Mormonen war am Ende der Wanderung so groß, daß sie ihm einmütig gleich viel und gleich fruchtbaren Boden zuerkannten wie jedem anderen Siedler, ausgenommen Brigham Young und die vier Ältesten Stangerson, Kemball, Johnston und Drebber.
John Ferrier baute sich auf seinem Land eine ansehnliche Blockhütte, die in den darauffolgenden Jahren durch mancherlei An- und Umbauten zum geräumigen Haus wuchs. Er war ein sehr praktischer und unternehmender Mann, dem alles wohl geriet. Von eiserner Gesundheit, war er von früh bis spät um seinen Besitz bemüht. So gedieh seine Farm prächtig. In drei Jahren hatte er alle Nachbarn überflügelt, nach sechs Jahren war er wohlhabend, nach neun reich, und als zwölf Jahre vergangen waren, gab es im ganzen Mormonenland höchstens ein halbes Dutzend Männer, die sich, was ihr Vermögen anging, mit ihm messen konnten. Der Name Ferrier hatte einen guten Klang, soweit die Macht des Nachfolgers des Propheten reichte.
Nur in einem erregte er Ärgernis bei seinen Glaubensbrüdern. Kein Argument und keine Überredung konnten ihn dazu bewegen, sich wie die anderen eine oder mehrere Frauen zuzulegen. Ohne einen Grund für dieses Verhalten zu nennen, weigerte er sich eisern. Das brachte ihn bei einigen in den Verdacht der Lauheit im Glauben, während andere ihn schlichtweg für zu geizig hielten. Dann wieder dichtete man ihm eine unglück-

liche Liebe an, zu einem blonden Mädchen am Atlantik, das er nicht vergessen könne. Aus welchem Grund auch immer: John Ferrier blieb Junggeselle. Alle anderen Regeln der Mormonen befolgte er strikt und erwarb sich so den Ruf eines tiefgläubigen, aufrechten Mannes.

Lucy Ferrier war ihrem Vater in allem eine Stütze. In der klaren vom balsamischen Harzduft der Wälder erfüllten Bergluft gedieh das Kind prächtig. Lucy wurde größer und kräftiger, ihr Schritt sicherer. Die Knospe entfaltete sich allmählich zu einer Blüte, die ebensowenig ihresgleichen im Lande hatte, wie der Reichtum ihres Vaters. Aus dem Kind wurde eine Frau, ohne daß der Vater das bemerkte. Auch ihr selbst war nicht bewußt, daß sie am Anfang eines neuen Lebensabschnitts stand. Dies zu erkennen bedurfte es eines besonderen Ereignisses. Es sollte nicht nur ihren weiteren Lebensweg entscheidend beeinflussen.

Es war an einem warmen Junimorgen. Bei den ›Heiligen der letzten Tage‹ herrschte reges Treiben, wie bei den Bienen, deren Fleiß und Gemeinschaftssinn ihnen als Vorbild galten. Von den Feldern und aus den Werkstätten ertönte der Lärm emsiger Tätigkeit. Von den Höhen herab zogen auf staubiger Straße in stetem Strom schwer beladene Maultiere. Der Westen, Kalifornien, wo man Gold entdeckt hatte, war ihr Ziel. Und der Weg dorthin führte durch die Stadt der Auserwählten. Unter die müden Maultiere und die vom endlosen Weg erschöpften staubbedeckten Auswanderer mischten sich Herden von Schafen und Rindern, die von den umliegenden Farmen in die Stadt getrieben wurden.

Mitten durch dieses bunte Treiben galoppierte Lucy, die im Auftrag des Vaters auf dem Weg in die Stadt war. Sie trieb immer wieder ihr Pferd an, denn sie liebte es, hoch auf dem Pferderücken übers Land zu fliegen. Ihre Wangen waren gerötet, die kastanienbraunen Locken flogen im Wind. Geschickt wich sie jedem Hindernis aus. Das hübsche Mädchen erregte nicht nur die Bewunderung der müde dahintrottenden Wanderer.

Sogar die stoischen Indianer, die Pelze zum Verkauf in die Stadt brachten, gönnten dem jungen Bleichgesicht mehr als einen flüchtig registrierenden Blick.
Vor den ersten Häusern der Stadt blockierte den Weg eine große Rinderherde, begleitet von einem halben Dutzend wildverwegener Treiber. Ungeduldig trieb Lucy ihr Pferd in die Lükke, die sich aufzutun schien. Hinter ihr schlossen sich die Tierleiber sofort wieder zu einem undurchdringlichen Wall. Lucy sah sich eingekeilt in den trägen Strom wild blickender, langgehörnter Tiere. Den Umgang mit Vieh gewohnt, nahm sie die Situation gelassen und versuchte, eine neue Lücke zum Vorankommen zu finden. Da traf, sei es zufällig oder weil das Rind sich bedrängt sah, ein spitzes Horn die Flanke von Lucys Pferd. Es schnaubte entsetzt, bäumte sich auf, buckelte und keilte aus. Wäre Lucy nicht eine so geübte Reiterin gewesen, sie wäre sofort aus dem Sattel geflogen. Die Situation wurde schnell kritischer, denn seine heftigen Bewegungen brachten das Pferd immer wieder in Berührung mit den Hörnern der Rinder und ließen es immer mehr toben. Lucy konnte nur versuchen, sich im Sattel zu halten, denn ein Sturz hätte den sicheren schrecklichen Tod unter den Hufen der Rinder bedeutet. Allmählich aber machten sie die ständigen heftigen Erschütterungen ganz benommen, die Hand, die die Zügel hielt, erlahmte. Der von den vielen Hufen aufgewirbelte Staub drohte sie zu ersticken. Schon wollte sie den Kampf aufgeben, da verhieß ein Zuruf Hilfe. Eine braune, sehnige Hand packte das scheuende Pferd am Zügel, zwang es zur Ruhe und führte es mit seiner erschöpften Reiterin aus der Herde.
»Hoffentlich sind Sie nicht verletzt, Miss«, sagte ihr Retter ehrerbietig.
Unbefangen lächelnd blickte sie ihm in das braungebrannte, gutgeschnittene Gesicht und sagte lachend: »Ich hab' einen fürchterlichen Schreck gekriegt, denn ich hätte nie gedacht, daß sich Poncho wegen ein paar Kühen so anstellt.«
»Nur gut, daß Sie im Sattel geblieben sind«, war die ernste Ant-

wort. Der junge Mann war groß, sah verwegen aus, ritt auf einem kräftigen Pferd, trug die Kleidung eines Jägers und Kundschafters und hatte eine lange Büchse umhängen.
»Sie sind sicher John Ferriers Tochter«, fuhr er fort. »Jedenfalls sah ich Sie von seiner Farm kommen. Fragen Sie ihn doch einmal, ob er sich vielleicht noch an die Hopes aus St. Louis erinnert. Jedenfalls gab es da einen Ferrier, mit dem mein Vater sehr befreundet war.«
»Warum kommen Sie nicht zu uns und fragen ihn selbst?«
Der Vorschlag schien dem jungen Mann nicht übel zu gefallen.
»Aber gern«, freute er sich. »Wenn er diesen Aufzug akzeptiert. Wir haben nämlich gerade zwei Monate in den Bergen hinter uns.«
»Nicht das Äußere macht den Menschen. Wenn Sie nicht gewesen wären, läge ich jetzt als unkenntliches Bündel auf der Straße. Ich glaube, das hätte mein Vater nie verwunden.«
»Ich auch nicht«, sagte der junge Mann mit Nachdruck.
»Das kann ich mir kaum vorstellen. Sie kennen mich doch gar nicht.«
Dem jungen Mann stieg eine tiefe Röte ins Gesicht. Als Lucy Ferrier das sah, lachte sie laut.
»Ach, nehmen Sie doch nicht gleich alles so ernst. Ich werde mich jedenfalls sehr freuen, wenn Sie uns besuchen kommen. Aber jetzt muß ich weiter. Ich soll für Vater etwas in der Stadt besorgen, und er wartet darauf. Auf Wiedersehen.«
»Auf Wiedersehen!« Er zog schwungvoll seinen breiten Sombrero und zerquetschte ihr fast die Hand. Sie gab ihrem Mustang die Sporen und galoppierte in einer Staubwolke davon.
Als Jefferson Hope seinen Gefährten folgte, war er tief in Gedanken versunken. Sie kamen gerade aus den Bergen von Nevada, wo sie nach Silber gesucht hatten, und wollten jetzt in Salt Lake City versuchen, Kapital für die Ausbeutung einiger von ihnen entdeckter Vorkommen aufzutreiben. Mit einem Mal war es für den jungen Mann gar nicht mehr so klar, daß er sich daran beteiligen würde. Die Begegnung mit dem jungen, hüb-

schen Mädchen hatte ihn zutiefst aufgewühlt. War sie nicht ein größerer Schatz als alles Silber der Berge? Je länger er darüber nachdachte, desto mehr erkannte er, daß ein neues, großes Gefühl in sein Leben getreten war: die Liebe. Nicht die flüchtige, vorübergehende Leidenschaft des Knaben, sondern eine tief empfundene Zuneigung, wie sie der seiner selbst sichere Mann empfindet. Und so schwor er sich schließlich, alles daranzusetzen, die junge Frau zum Weibe zu gewinnen.

Noch am Abend des gleichen Tages suchte er John Ferrier auf. Dem ersten Besuch folgten noch viele, und bald schon ging Hope ein und aus auf Ferriers Farm, als sei er dort zu Hause. John Ferrier hatte sich in den vergangenen zwölf Jahren ganz in seine Arbeit vergraben und war kaum einmal aus dem Tal herausgekommen. So lauschten er und Lucy begierig den Neuigkeiten aus der großen weiten Welt, die Jefferson Hope zu berichten wußte. Er war Siedler in Kalifornien gewesen. Da gab es viel zu erzählen von Menschen und Schicksalen, von Vermögen, die gewonnen und verloren wurden. Auch als Pfadfinder, Fallensteller, Prospektor und Farmarbeiter hatte er sich versucht. Wo ein Abenteuer winkte, war Jefferson Hope dabei. Der junge Mann wuchs Ferrier ans Herz, er schwärmte richtig von ihm. Lucy gab in solchen Fällen keinen Kommentar, aber ihre glänzenden Augen und die roten Wangen verrieten nur zu deutlich, daß sie längst ihr Herz verloren hatte. Der Vater sah nichts, wohl aber bemerkte der junge Mann, daß seine Gefühle erwidert wurden.

Wieder einmal kam er an einem Sommerabend durchs Tor geritten, band das Pferd am Zaun fest und ging zum Haus. Sie hatte an der Tür gestanden und kam ihm entgegen. Als sie sich trafen, ergriff er ihre beiden Hände, schaute ihr tief in die Augen und sagte: »Ich muß fort, Lucy. Aber ich komme wieder, und dann soll uns nichts mehr trennen.«

»Wie lange bleibst du weg?« fragte sie errötend.

»Ein paar Monate. Danach heiraten wir.«

»Aber, was wird Vater sagen?«

»Er ist einverstanden. Seine einzige Bedingung ist, daß ich dir das Leben bieten kann, das du gewöhnt bist. Das schaffe ich leicht, sobald unsere Mine einen Ertrag abwirft, woran ich keinen Zweifel habe.«

»Wenn Vater und du euch einig seid, mein Wort hast du«, sagte sie leise mit gesenktem Haupt.

»Ich liebe dich«, rief er, schloß sie in die Arme und küßte sie. »Wie bin ich glücklich, daß auch du mich liebst. Jetzt kann uns nichts mehr trennen. Wie gern würde ich länger bleiben. Aber meine Kameraden warten am Eingang der Schlucht. Leb wohl! Ich komme wieder, sobald ich kann.«

Er stürzte zu seinem Pferd, schwang sich in den Sattel und galoppierte davon, ohne sich umzublicken. Er mochte fürchten, daß ein einziger Blick auf das Glück, das er zurückließ, ihn in seinem Entschluß wanken machen könnte. Sie aber, das glücklichste Mädchen in Utah, stand und schaute ihm nach, bis er nicht mehr zu sehen war.

Der Prophet kommt zu John Ferrier

John Ferrier war nicht leicht ums Herz, wenn er daran dachte, wie bald er die geliebte Tochter verlieren sollte. Doch ihr freudestrahlendes Antlitz überzeugte ihn immer aufs neue, daß er ihrem Glück nicht im Wege stehen durfte. Auch war er schon immer fest entschlossen gewesen, seine Tochter nie einem Mormonen zur Frau zu geben, denn deren Vielweiberei mißfiel ihm zutiefst. Er betrachtete sie als für eine Frau erniedrigend und entwürdigend. Seine Vorstellung von der Ehe war eine andere. Mit allen sonstigen Glaubensvorschriften der Mormonen konnte er sich abfinden. Aber damit absolut nicht. Allerdings ließ er darüber kein Sterbenswörtchen verlauten, denn unorthodoxe Meinungen waren in jenen Tagen im Land der ›Heiligen der letzten Tage‹ eine gefährliche Sache.

Auch die Frömmsten wagten über Glaubensdinge nur zu flüstern, mußten sie doch fürchten, daß ein Wort mißdeutet würde und sofortige Strafe nach sich zöge. Aus den einstigen Verfolgten waren nun selbst Verfolger geworden, schlimmer als Inquisition, Femegericht oder Camorra. Das schlimmste an der ganzen Sache war, daß sich alles im Verborgenen abspielte. Vergeltung und Strafe schienen allgegenwärtig, die Verfolger allwissend und allmächtig. Aber nie sah oder hörte man sie. Wer ein falsches Wort verlor, verschwand einfach. Vergeblich warteten Weib und Kind. Nie mehr kehrte der Vater zurück, um zu erzählen, wie es ihm vor den geheimen Richtern ergangen war. Ein rasches Wort, ein unbedachtes Tun, und schon folgte die Vernichtung. Aber die schreckliche Macht, die alle bedrohte, war nicht greifbar. Furcht und Schrecken walteten unter den Mormonen; auch nicht in tiefster Einsamkeit wagten sie, die Zweifel zu äußern, die in ihren Herzen wohnen mochten.

Zunächst litten nur die Abtrünnigen unter solcher Verfolgung. Doch bald bekamen auch andere die Macht der Mormonen zu spüren. Die Vielweiberei hatte nämlich nach einiger Zeit dazu geführt, daß es nicht mehr genug Frauen gab, womit dieser Glaubensgrundsatz in Frage gestellt war. Es dauerte nicht lang, dann hörte man seltsame Gerüchte von ermordeten Einwanderern und Überfällen auf Lager in Gebieten, wo man noch nie Indianer gesehen hatte. In den Häusern der Mormonen tauchten neue Familienmitglieder auf: verhärmte Frauen mit den unaustilgbaren Spuren schrecklicher Geschehnisse im Antlitz. Vom Einbruch der Dunkelheit überraschte Wanderer erzählten von Banden maskierter und bewaffneter Männer, die sich lautlos an ihnen vorbeigedrückt hatten. Die Gerüchte verdichteten sich schließlich und bekamen einen Namen: Noch heute verbreitet die Erinnerung an die ›Daniten‹ oder ›die Engel der Zerstörung‹ Schrecken und Furcht auf den einsamen Farmen des Westens.

Je mehr über diese mörderische Gesellschaft bekannt wurde, desto mehr steigerte sich die Furcht vor ihr. Niemand wußte, wer zu ihr gehörte. Die Namen derer, die unter dem Deckmantel des Glaubens die schlimmsten Verbrechen begingen, wurden als strengstes Geheimnis gehütet. Nicht dem besten Freund wagte man irgendwelche Zweifel am Worte des Propheten anzuvertrauen, mochte doch auch jener Freund zu denen gehören, die nachts kamen, um mit Feuer und Schwert jeden Irrglauben auszubrennen. Kein Nachbar traute dem anderen, und jeder behielt seine geheimsten Gedanken ängstlich für sich.

Eines Tages rüstete sich John Ferrier gerade zur Arbeit auf den Feldern, als er das Tor quietschen hörte und durch das Fenster einen großen blonden Mann mittleren Alters auf das Haus zukommen sah. Erschrocken holte er Luft, denn das war kein anderer als Brigham Young in Person. Bestürzt lief Ferrier zur Tür, um den Anführer der Mormonen willkommen zu heißen; er wußte, dieser Besuch konnte nichts Gutes bedeuten. Young erwiderte kühl den Gruß. Mit steinernem Gesicht ließ er sich ins Wohnzimmer führen, setzte sich und sah den Farmer durchdringend an.

»Bruder Ferrier«, sagte er, »die wahren Gläubigen haben dir viel Freundlichkeit erwiesen. Sie haben dich vor dem Verdursten in der Wüste gerettet, haben ihre Wohnung mit dir geteilt, haben dich sicher ins Gelobte Land geführt, dir Land gegeben und dich unter ihrem Schutz reich werden lassen. War es so?«

»Ja, so war es«, antwortete John Ferrier.

»Unsere einzige Bedingung war, daß du den wahren Glauben annehmen und allen seinen Regeln folgen mögest. Du hast das versprochen, aber du hast dein Wort nicht gehalten!«

»Da sei Gott davor, daß ich gefehlt habe!« Ferrier hob abwehrend die Hände. »Habe ich nicht genug gespendet? Habe ich die Versammlungen im Tempel versäumt? Habe ich . . .?«

»Wo sind denn deine Frauen?« Young sah sich suchend um. »Rufe sie doch herein, damit ich sie begrüßen kann.«

»Es stimmt, ich habe nicht geheiratet«, räumte Ferrier ein. »Aber es gab so wenig Frauen, und vor mir waren viele, die eher ein Recht zur Heirat hatten. Auch bin ich ja nicht allein, ich habe ja meine Tochter, die sich um mich kümmert.«

»Gerade deiner Tochter wegen bin ich hier«, antwortete der Führer der Mormonen. »Sie ist voll erblüht, ja, man nennt sie sogar die ›Blume von Utah‹. Manchen hochgestellten Mannes Auge ruht mit Wohlgefallen auf ihr.«

John Ferrier war es, als griffe eine Hand nach seinem Herzen.

»Man hört da Geschichten«, fuhr Young fort, »die ich kaum glauben mag. Es heißt, sie sei einem Ungläubigen versprochen. Aber das kann nur böswilliges Geschwätz sein. Wie heißt das dreizehnte Gebot unseres heiligen Joseph Smith? ›Ein Mädchen, das sich zum wahren Glauben bekennt, heirate nur einen aus dem auserwählten Volk. Wenn sie aber einen Ungläubigen

heiratet, begeht sie eine schwere Sünde.‹ Ich kann nicht glauben, daß einer, der sich zum wahren Glauben bekennt, eine solche Sünde zuläßt.«
John Ferrier zog es vor zu schweigen; er wippte nervös mit der Reitpeitsche in seiner Hand.
»Der heilige Rat der Vier will dir Gelegenheit geben, deinen Glauben zu beweisen. Deine Tochter ist im heiratsfähigen Alter. Sie muß nicht einen Mann mit grauen Haaren nehmen und darf wählen. Stangerson und Drebber haben Söhne im richtigen Alter. Beide heißen gern deine Tochter in ihrem Hause willkommen. Sie mag sich für einen entscheiden. Beide sind jung und reich und hängen dem wahren Glauben an. Nun, was hältst du davon?«
Ferrier schwieg und starrte finster mit zusammengezogenen Brauen vor sich hin. Schließlich sagte er: »Gib uns Zeit zum Nachdenken. Meine Tochter ist noch so jung, zu jung zum Heiraten.«
»Ich gebe euch einen Monat Bedenkzeit«, sagte Young und stand auf. »Dann muß sie sich entschieden haben.«
Und schon in der Tür drehte er sich noch einmal um und rief laut, den Arm drohend ausgestreckt: »Bruder Ferrier, ich sage dir, waget nicht, dem Willen der ›heiligen Vier‹ entgegenzuhandeln, sonst möchtet ihr wünschen, daß eure Gebeine in der sengenden Sonne der Salzwüste bleichen.«
Die Tür fiel zu, die schweren Schritte verklangen. Lange saß Ferrier da, den Kopf in die Hände gestützt, und überlegte, wie er die Forderung der vier Ältesten seiner Tochter beibringen sollte. Da spürte er eine leichte Berührung, und aufblickend sah er seine Tochter neben sich. Ihr blasses, angespanntes Gesicht verriet ihm, daß sie alles gehört hatte.
»Er sprach so laut«, sagte sie. »Vater, was sollen wir tun?«
»Ach, mein Mädchen, hab' keine Furcht!« Er nahm sie in die Arme und fuhr ihr beruhigend über die kastanienbraunen Lokken. »Wir kommen da schon durch. Du liebst ihn doch, nicht wahr?«

Ein Schluchzen und ein bekräftigender Händedruck waren die ganze Antwort.

»Ja, brauchst gar nichts zu sagen. Ist ein hübscher Bursche und ein Christenmensch dazu, was man von den Burschen hier nicht unbedingt sagen kann, trotz all ihrer Beterei und Singerei. Morgen geht ein Trupp nach Nevada. Dem gebe ich eine Botschaft an Jefferson mit, damit er weiß, was hier los ist. Und wenn ich deinen jungen Mann auch nur ein bißchen kenne, dann ist er im Handumdrehen da.«

Lucy lächelte unter Tränen. »Er wird Rat wissen. Nur um dich mache ich mir Sorgen. Man hört so schreckliche Dinge, von Leuten, die sich gegen den Propheten gestellt haben.«

»Aber das tun wir doch gar nicht, jedenfalls bis jetzt«, antwortete ihr Vater. »Kommt Zeit, kommt Rat. Es bleibt uns ja noch ein ganzer Monat. Bis dahin sollten wir Utah den Rücken gekehrt haben.«

»Die Heimat verlassen?«

»Es wird uns wohl nichts anderes übrigbleiben.«

»Aber die Farm?«

»Wir machen möglichst viel zu Geld, und auf den Rest verzichten wir. Wenn ich ehrlich sein will, es ist nicht das erste Mal, daß ich an so etwas denke. Ich beuge mich nicht gern Leuten wie diesem schäbigen Propheten. Ich bin ein freier Amerikaner und zu alt, um so etwas noch zu lernen. Wenn er sich noch einmal auf meinem Grund blicken läßt, soll er achtgeben, daß er nicht eine Ladung Schrot aufgebrannt bekommt.«

»Glaubst du denn, daß man uns gehen läßt?« wandte Lucy ein.

»Laß erst Jefferson kommen, dann schaffen wir das schon. Bis dahin vergiß besser deine Sorgen. Noch droht uns keine unmittelbare Gefahr.«

John Ferrier tat sehr zuversichtlich. Doch Lucy konnte nicht umhin zu bemerken, daß er des Nachts die Türen mit mehr Sorgfalt als gewöhnlich sicherte und daß er seine alte rostige Flinte, die über seinem Bett hing, herunternahm, sorgfältig putzte und lud.

Die Flucht

Gleich am nächsten Morgen ritt John Ferrier nach Salt Lake City. Der Trupp, der nach Nevada ging, war schnell gefunden. Einen der Männer kannte Ferrier sehr gut. Ihm vertraute er die Botschaft an Jefferson Hope an. Sie enthielt eine Kurzfassung der Forderungen Youngs und die dringende Bitte, so bald wie möglich zu kommen. Danach war John Ferrier schon viel leichter ums Herz.

Als er nach Hause kam, sah er, daß neben der Haustür zwei Pferde angebunden waren. Aber noch mehr staunte er über die beiden jungen Männer, die sich im Wohnzimmer breitgemacht hatten. Einer hatte sich in den Schaukelstuhl geflegelt und die Füße auf den Herd gelegt. Der andere stand, die Hände in den Taschen, am Fenster und pfiff ein bekanntes Lied.

Beide begrüßten Ferrier mit einem Nicken, und der im Schaukelstuhl, er hatte ein langes blasses Gesicht, sagte zu dem Farmer: »Für den Fall, daß du uns nicht kennst, das ist der Sohn des Ältesten Drebber«, er nickte in Richtung des stiernackigen jungen Mannes mit dem groben, aufgedunsenen Gesicht, »und ich bin Joseph Stangerson. Ich war bei denen, die Gott auserwählt hatte, dich in der Wüste zu finden und in seine Herde heimzuführen.«

»So, wie er alle Völker heimführen wird, wenn die Zeit gekommen ist«, näselte der andere, »denn Gottes Mühlen mahlen langsam, aber trefflich fein.«

John Ferrier nickte kühl. Er hatte schon geahnt, wer die Besucher waren.

»Wir sind gekommen«, fuhr Stangerson fort, »damit deine

Tochter einen von uns, der ihr und dir gefällt, zum Manne erwähle. Ich habe vier Frauen, Bruder Drebber aber sieben. So sollte sie wohl eher mich wählen.«
»Unsinn!« fuhr der andere auf. »Es geht doch nicht darum, wieviel Frauen einer hat, sondern wieviel er sich leisten kann. Mein Vater hat mir dieser Tage seine Werkstätten überschrieben; damit bin ich der reichere.«
»Das bleibt nicht so«, entgegnete Stangerson von oben herab. »Sollte der Herr meinen Vater zu sich rufen, erbe ich die Lohgerberei und Lederfabrik. Das macht mich zum Ältesten, der in der Kirche über dir steht.«
»Lassen wir das Mädchen entscheiden«, beendete der junge Drebber die Diskussion und fuhr, sein Spiegelbild im Fensterglas verliebt betrachtend, fort: »Ich habe keine Sorge, daß sie den richtigen wählt.«
John Ferrier hatte zunächst fassungslos und dann mit steigendem Zorn zugehört. Er mußte sich beherrschen, daß er die beiden nicht mit der Peitsche, die er in der Hand hielt, aus dem Haus jagte. Schließlich sagte er mit zornerstickter Stimme: »Und bis dahin habt ihr beide hier überhaupt nichts verloren. Ich will euch unter keinen Umständen mehr auf meiner Farm sehen, es sei denn, meine Tochter läßt euch rufen.«
Die beiden jungen Mormonen starrten ihn verblüfft an. Es war doch eine Ehre für den Vater, wenn sich gleich zwei vom ›auserwählten Volk‹ um die Hand seiner Tochter bemühten!
»Das Zimmer hat zwei Ausgänge, wo man hinaus kann«, knirschte Ferrier. »Ihr dürft euch einen aussuchen.« Wütend funkelte er die Besucher an, seine schmale Hand, die die Peitsche umklammerte, zuckte. Das bewog die Burschen zu einem eiligen Rückzug. Der Alte folgte ihnen bis zur Haustür. »Inzwischen streitet fröhlich weiter«, rief er ihnen noch spöttisch nach.
»Dafür wirst du büßen«, schrie Stangerson wutschnaubend. »Du hast den Propheten und den Rat der Vier beleidigt. Das sollst du bereuen bis ans Ende deiner Tage!«

»Der Herr wird aufstehen und dich strafen«, ergänzte Drebber. »Er wird seine Hand erheben und dich schlagen.«
»Fangen wir doch gleich mit dem Schlagen an«, tobte Ferrier. Er wandte sich um und wollte seine Flinte holen. Doch Lucy versperrte ihm den Weg. Bevor er sie beiseite schieben konnte, verklangen die Hufschläge der Pferde in der Ferne.
»Diese stinkenden Kojoten«, knirschte er und wischte sich den Schweiß von der Stirn. »Lieber sähe ich dich tot, als mit einem dieser Burschen verheiratet.«
»Du sprichst mir aus der Seele, Vater«, sagte sie. »Hoffentlich wird Jefferson bald hier sein.«
»Allerdings, denn wer weiß, was diesen Burschen als nächstes einfällt.«
Der aufrechte alte Mann und seine Adoptivtochter hatten Rat und Hilfe allerdings bitter nötig. Solange die Siedlung bestand, hatte es noch keinen Fall derart offenen Widerstandes gegen die Ältesten gegeben. Wenn schon geringere Vergehen so hart bestraft wurden, was hatte dann ein offener Rebell zu gewärtigen. Ferrier wußte ganz genau, daß ihm weder sein Reichtum noch sein Ansehen helfen konnten. Vor ihm waren andere, ebenso angesehen und reich wie er, spurlos verschwunden, und ihre Güter der Kirche anheimgefallen. Ferrier war ein tapferer Mann. Aber sogar ihm machte die unbestimmte Drohung, die über ihm hing, Angst. Einer bekannten Gefahr konnte er sich stellen; es war die Ungewißheit, die ihn nervte. Er versuchte, seine Ängste vor Lucy zu verbergen, aber sie kannte ihn zu gut, um nicht zu wissen, daß er bedrückt war. Er rechnete damit, daß ihm Young einen Verweis wegen seines Betragens zukommen lassen werde. Und er kam auch, allerdings in einer unerwarteten Art und Weise. Als er am nächsten Morgen aufstand, entdeckte er auf seiner Zudecke einen angehefteten Zettel. Dort stand: »Noch neunundzwanzig Tage hast du Zeit für Reue, dann . . .«
Jede ausgesprochene Drohung wäre weniger fürchterlich gewesen als der unvollendete Satz. Zu schaffen machte ihm auch,

wie der Zettel in sein Schlafzimmer gekommen war. Die Farmarbeiter schliefen nämlich in einem anderen Gebäude, und es waren alle Fenster und Türen fest verschlossen gewesen. Er vernichtete das Papier und sagte Lucy nichts davon, aber die Sache jagte ihm doch einen kalten Schauer über den Rücken. Ganz offensichtlich entsprachen die neunundzwanzig Tage genau der Frist, die ihm Young gegeben hatte. Und um in ein wohlverwahrtes Haus einzudringen, bedurfte es fast schon übernatürlicher Kräfte. Die Hand, die den Zettel anheftete, hätte ihm ebensogut ein Messer ins Herz stoßen können.

Am folgenden Morgen war der nächste Schock fällig. Sie hatten sich gerade zum Frühstück hingesetzt, als Lucy mit einem Laut der Überraschung nach oben wies: An die Decke hatte jemand mit einem angekohlten Stück Holz eine Achtundzwanzig geschrieben. John Ferrier sagte seiner Tochter nicht, was das zu bedeuten hatte. Doch die ganze folgende Nacht hielt er mit der Flinte im Schoß Wache. Er sah und hörte absolut nichts. Doch am Morgen fand er außen an die Tür eine große Siebenundzwanzig gemalt. Und so ging es Tag für Tag weiter. Jeden Morgen fand er an auffallender Stelle die Zahl der Tage, die ihm noch blieben, um sich zu unterwerfen. Sie war an die Wand gemalt oder auf den Boden, und sie fand sich auf Karton, angeheftet am Zaun oder festgebunden am Fenstergitter. Ferrier mochte noch so aufpassen, nie sah er den Urheber. Allmählich zermürbte ihn die ständige Drohung. Er magerte ab, sein Blick wirkte gehetzt. Nur noch die Hoffnung auf die baldige Rückkehr des jungen Jägers hielt ihn aufrecht.

Aus zwanzig verbleibenden Tagen wurden fünfzehn, dann zehn, und noch immer kam kein Lebenszeichen. Jeder Hufschlag, jedes Räderrollen lockte den alten Farmer ans Tor, in der Hoffnung, die Hilfe sei da. Schließlich waren es nur noch fünf Tage, dann vier und dann nur noch drei. Jetzt gab er alle Hoffnung auf. Allein auf sich gestellt konnte er nicht fliehen, dafür kannte er das Land nicht gut genug. Die normalen Wege und Straßen aber wurden scharf bewacht. Ohne Passierschein

des Rats der Ältesten kam niemand durch. Er sah keine Möglichkeit mehr, dem Verhängnis zu entfliehen. Nur noch die Waffe blieb ihm, um bis zum letzten Atemzuge kämpfend seine Tochter vor einem entehrenden Schicksal zu bewahren.
Der Abend des Tages, an dem eine Zwei an der Wand gestanden hatte, fand ihn in trübseligen Gedanken. Noch ein Tag, und dann war die Frist verstrichen. Was würde dann geschehen? Die vielen Gerüchte über die ›Engel der Zerstörung‹ gaben seiner Fantasie allzu reiche Nahrung. Und was würde aus Lucy werden, wenn er erst tot war? Gab es wirklich kein Entkommen aus dem unsichtbaren Netz, das sich um ihn zusammengezogen hatte? Nein, er sah keine Möglichkeit, es noch in letzter Sekunde zu zerreißen.
Was war das? Er hörte ein Kratzen an der Haustür. Es klang überlaut in der Stille der Nacht. Ferrier schlich zur Tür und horchte angespannt. Eine Weile tat sich nichts, und dann erklang das Geräusch erneut. Offensichtlich klopfte jemand ganz leise an die Tür. Waren das schon die Mörder, die den Beschluß eines geheimen Tribunals ausführen wollten? Oder schrieb man gerade die letzte Zahl an seine Tür? Besser ein kurzes Ende, als die Qual noch verlängern, dachte er, machte die Büchse schußfertig, schob den Riegel zurück und riß die Tür auf.
Draußen war es totenstill. Am klaren Himmel funkelten die Sterne. Niemand war zu sehen, weder im Vorgarten noch auf der Straße hinter dem Zaun. Mit einem Seufzer der Erleichterung warf er noch einen Kontrollblick nach links und rechts. Auch hier nichts Verdächtiges. Doch dann ein schwaches schabendes Geräusch zu seinen Füßen. Er blickte zu Boden und unterdrückte mit Mühe einen Schrei: Da lag regungslos ausgestreckt ein großer Mann, das Gesicht der Erde zugekehrt.
Unwillkürlich trat er einen Schritt zurück. Hatte man ihm einen Toten vor die Tür gelegt? Nein, denn kaum war der Zugang ins Haus durch sein Zurücktreten frei, kam Leben in die Gestalt: Das dunkle Bündel glitt schnell und lautlos wie eine Schlange ins Haus. Kaum drinnen sprang die Gestalt auf,

schloß die Haustür, und der Farmer blickte in das kühne Gesicht Jefferson Hopes.
»Mein Gott, hast du mich erschreckt«, japste Ferrier. »Warum kommst du nicht aufrecht wie ein Normalmensch durch die Tür?«
»Pst, nicht so laut«, flüsterte Hope. »Jetzt brauch' ich erst einen Schluck Wasser. Und was zum Essen. Ich habe seit achtundvierzig Stunden keinen Bissen mehr zu mir genommen.«
Ferrier eilte in die Küche und brachte kalten Braten, Brot und einen großen Krug Wasser. Hope stürzte sich wie ein Verdurstender darauf. Und während er kräftig zulangte, fragte er:
»Wo ist Lucy?«
»Sie schläft.«
»Ist sie . . .«
»Ja, sie ist noch hier, bei mir. Ich habe ihr gar nicht alles erzählt, was inzwischen passiert ist, aber ich glaube, sie hat das meiste mitgekriegt.«
»Euer Haus wird scharf bewacht, deshalb mußte ich mich auch wie eine Schlange hereinschleichen. Aber sie können noch so aufpassen, wer Waschbären zu überlisten und zu fangen weiß, wird mit solchen Ochsen allemal spielend fertig.«
Als Ferrier das hörte, wurde ihm gleich leichter ums Herz. Er ergriff die Hand des jungen Mannes, drückte sie kräftig und sagte warm: »Ich danke dir, daß du gekommen bist. Es dürfte kaum einen anderen geben, der es wagt, uns gegen die Mormonen beizustehen.«
»Du sagst es«, antwortete der junge Mann freimütig. »Bei aller Liebe, wäre es nur um dich gegangen, ich hätte es mir zweimal überlegt, mich in dieses Hornissennest zu wagen. Aber bevor ich zulasse, daß man Lucy etwas antut, muß man erst mich umbringen.«
»Was hast du vor?«
»Morgen ist doch der letzte Tag deiner Frist? Wir haben also nur noch diese Nacht zur Flucht. In der Adlerschlucht warten ein Maultier und zwei Pferde. Hast du Bargeld im Haus?«

»Ja, zweitausend Dollar in Gold und fünftausend in Papier.«
»Damit kommen wir hin; ich steuere noch mal die gleiche Summe bei. Wir gehen über die Berge nach Carson City. Weck bitte Lucy. Nur gut, daß die Arbeiter nicht im Haus schlafen.«
Während sich Lucy und ihr Vater reisefertig machten, packte Jefferson Hope zusammen, was er an Eßwaren finden konnte. Auch einen Wassersack füllte er, denn er wußte aus eigener Erfahrung nur zu gut, wie weit die wenigen Quellen im Gebirge auseinander lagen. Als Vater und Tochter erschienen, war er mit seinen Vorbereitungen gerade fertig. Die beiden Liebenden umarmten einander nur kurz, denn für eine lange Begrüßung blieb nicht die Zeit. Jetzt war jede Minute kostbar.
»Wir brechen sofort auf«, sagte Jefferson Hope leise und bestimmt. »Die Aufmerksamkeit der Wachen konzentriert sich auf Vorder- und Hintertür. Deshalb bleibt uns nur der Weg durchs Fenster direkt in die Felder. Wir müssen allerdings sehr leise sein. Bis zur Schlucht, wo die Pferde stehen, haben wir etwa drei Kilometer und sind dann bei Tagesanbruch schon tief in den Bergen.«
»Und wenn man uns schnappt?« fragte Ferrier.
Hope tippte mit grimmigem Lächeln gegen den Kolben seines Revolvers: »Wenn es zuviele sind, dann werden wir wenigstens zwei oder drei mit uns ins Grab nehmen.«
Die letzten Lichter im Haus waren gelöscht, Ferrier stand am Fenster und blickte noch einmal Abschied nehmend über das Land, das er nun für immer verlassen würde. Er hatte lange Zeit gehabt, sich auf diesen Augenblick vorzubereiten, und der Gedanke an das Schicksal, das er der Tochter mit seinem Opfer ersparte, ließ kein Bedauern aufkommen. Alles schien so friedlich, die leise im Nachtwind rauschenden Bäume und die weiten Kornfelder unter dem schwachen Licht der Sterne. Es schien unmöglich, daß überall da draußen Mörder lauern sollten. Doch ein Blick in das angespannte Gesicht des jungen Jägers zeigte ihm, daß kein Zweifel daran bestehen konnte: Jefferson Hope hatte die Mörder gesehen.

Ferrier nahm das Geld an sich, Jefferson Hope Proviant und Wassersack und Lucy ein paar Stücke aus ihrem persönlichen Besitz, an denen ihr Herz hing. Hope öffnete vorsichtig, bestrebt, jedes Geräusch zu vermeiden, das Fenster. Dann, als eine Wolke die Nacht noch dunkler werden ließ, kletterten sie nacheinander in den Garten. Gebückt und mit angehaltenem Atem schlichen sie über die Beete in den Schutz der Hecke und diese entlang bis zu der Stelle, wo ein Durchschlupf in die Felder führte. Hier dirigierte der junge Mann seine Begleiter noch tiefer in den Schatten des Gesträuchs und bedeutete ihnen, sich hinzukauern. Zitternd und mit klopfendem Herzen kamen die beiden der Aufforderung nach.

Gerade rechtzeitig hatte das scharfe Ohr des erfahrenen Jägers ein warnendes Geräusch vernommen. Nur wenige Schritte entfernt ertönte der klagende Ruf eines Käuzchens, dem ein zweites antwortete. Dann erschien vor dem Durchgang in der Hekke der dunkle Schatten eines Mannes. Wieder ertönte der Käuzchenschrei, und sofort folgte die Antwort. Zu dem ersten Schatten gesellte sich ein zweiter.

»Morgen um Mitternacht«, ertönte leise eine befehlsgewohnte Stimme, »wenn der Ziegenmelker dreimal ruft.«

»Verstanden«, kam die Antwort, »ich sag's dann Bruder Drebber weiter.«

»Gut, und er soll's den anderen mitteilen. Neun auf sieben.«

»Sieben auf fünf«, entgegnete die zweite Stimme, und beide Schatten verschwanden in entgegengesetzter Richtung. Was sie zuletzt gesagt hatten, war offensichtlich irgendeine Losung oder vielleicht auch ein nur Eingeweihten verständlicher Schwur. Kaum waren die Schritte verklungen, setzten die drei ihre Flucht, so schnell sie konnten, durch die Felder fort.

Jefferson trieb seine Begleiter unbarmherzig an: »Vorwärts. Wir sind noch ganz nahe bei den Wachposten. Jetzt hängt alles von unserer Schnelligkeit ab.« Seine Mahnung wirkte um so dringlicher, als er sie nur flüstern konnte.

Als sie dann die Straße erreicht hatten, kamen sie schneller voran. Ein einziges Mal hörten sie Schritte und schlüpften schnell ins Feld neben der Straße. Kurz vor den ersten Häusern der Stadt bog der junge Jäger auf einen schmalen, holprigen Pfad ab, der zu den Bergen führte. Endlich zeichneten sich vor ihnen dunkel zwei steile Felsen ab. Dort begann der Cañon, in dem die Pferde warteten. Mit untrüglicher Sicherheit fand Jefferson seinen Weg durch die Felsblöcke im Bett des wasserlosen Flusses. Groß war die Erleichterung, als sie die Tiere glücklich erreicht hatten. Lucy bestieg das Maultier, und dem alten Ferrier wies Jefferson eines der Pferde zu. Er selbst übernahm auf dem dritten die Spitze, um die kleine Gruppe auf dem schmalen, gefährlichen Pfad zu führen.

Wer solche Wege nicht kannte, mußte wirklich Angst bekommen. Auf der einen Seite ragte mehr als dreihundert Meter steil und drohend die Felswand aus schwarzem Basalt auf, dessen Säulen wie die Rippen eines versteinerten Monsters wirkten. Und auf der anderen Seite machte ein Trümmerfeld von Steinblöcken jedes Fortkommen unmöglich. Der Pfad war so schmal, daß sie nur hintereinander reiten konnten, und so voller Tücken, daß die drei all ihrer nicht geringen Reitkunst bedurften, um ihn überhaupt zu bewältigen. Aber ungeachtet aller Gefahren war den Flüchtlingen leicht ums Herz, denn jeder Schritt entfernte sie weiter von jener verhaßten und unerträglichen Tyrannei.

Doch sie sollten bald erfahren, daß sie noch lange nicht außer Reichweite der ›Heiligen der letzten Tage‹ waren. Sie befanden sich gerade an der wildesten und einsamsten Stelle des Passes, da deutete Lucy mit einem Laut des Schreckens nach oben, denn da hob sich auf einem Felsen schwarz gegen den etwas helleren Nachthimmel die Gestalt eines Wachpostens ab. Er sah die Flüchtlinge im gleichen Moment wie sie ihn und rief sofort: »Halt, wer da?«

»Reisende nach Nevada«, antwortete Hope, die Hand am Gewehr, das quer vor ihm auf dem Sattel lag.

Der Posten schien mit der Antwort nicht zufrieden, er legte

sein Gewehr an. Dann kam die Frage: »Von wem habt ihr die Erlaubnis?«
»Von den ›heiligen Vier‹«, antwortete Ferrier kühn. Er wußte, daß diese bei den Mormonen als die höchste Autorität galten.
»Neun auf Sieben«, rief die Wache.
»Sieben auf Fünf«, antwortete geistesgegenwärtig Jefferson Hope, der sich an die Szene erinnerte, die sie beim Haus, als sie im Schutz der Hecke kauerten, erlebt hatten.
»Passiert. Der Herr sei mit euch auf eurem Wege«, verabschiedete sich die Stimme von oben. Der Pfad wurde breiter, die Tiere konnten ausgreifen. Zurückblickend sahen die Flüchtlinge den Posten noch auf sein Gewehr gestützt dastehen. Sie wußten, daß sie nun das Land des ›auserwählten Volkes‹ verlassen hatten. Vor ihnen lag die goldene Freiheit.

Die ›Engel der Zerstörung‹

Weiter ging der Ritt über schmale, steinige Pfade. Mehr als einmal kamen die Flüchtlinge vom Weg ab. Doch Jefferson fand ihn mit untrüglicher Sicherheit immer wieder, kannte er doch das Gebirge wie kaum ein zweiter. Das Morgenlicht dann enthüllte eine großartige wilde Szenerie. Ringsum schneebedeckte Gipfel, einer hinter dem anderen bis an den Horizont. Auf den steilen Felsflanken wuchsen mächtige Lärchen. Sie schienen nur eines Hauches zu bedürfen, um herabzustürzen und sich den vielen Stämmen und Felsen zuzugesellen, die den Talgrund bedeckten. Und da löste sich auch schon ein Fels in der Höhe, stürzte mit vom Echo vervielfachten Donnern hinab und ließ die erschöpften Reittiere in einen wilden Galopp ausbrechen. Als sich dann die Sonne erhob, erglühten die Gipfel in rosigem Licht. Es war, als würden Lampions angesteckt. Der fantastische Anblick belebte die müden Flüchtlinge, mit neuer Energie und Kraft strebten sie weiter. An einem Wildbach, der schäumend über die Felsen herabschoß, tränkten sie ihre Pferde und schlangen selbst auch ein paar Bissen hinunter. Lucy und ihr Vater hätten gern eine längere Rast eingelegt. Aber Jefferson Hope drängte unerbittlich auf die Fortsetzung der Flucht.

»Sie sind bestimmt schon auf unserer Spur«, sagte er. »Wir müssen so schnell wie möglich weiter. Wenn wir dann in Carson City sind, können wir ausruhen, bis ans Ende unserer Tage.«

So kämpften sie sich den ganzen Tag auf steinigen Pfaden weiter. Als dann der Abend kam, lag das Land der Mormonen an die fünfzig Kilometer hinter ihnen. Die Nacht verbrachten sie dicht aneinandergeschmiegt am Fuß einer Felsklippe, die ein bißchen Schutz gegen den kalten Nachtwind bot, und gönnten sich einige wenige Stunden Schlaf. Noch bevor der neue Tag anbrach, waren sie wieder unterwegs. Nichts verriet, daß sie verfolgt wurden. Jefferson Hope begann zu hoffen, daß sie außer Reichweite der ›Engel der Zerstörung‹ wären. Er konnte nicht ahnen, wie weit ihr Arm reichte und wie nah das Verderben war.

In der Mitte des zweiten Tages ihrer Flucht ging der Proviant zu Ende. Der junge Jäger war darob nicht beunruhigt. Ringsum gab es genug Wild, so daß sie, solange er seine Büchse hatte, nicht fürchten mußten zu verhungern. Er gebot Halt, trug an einem geschützten Plätzchen Holz zusammen und entfachte ein Feuer, an dem sich seine Gefährten wärmen konnten. Die Flüchtlinge befanden sich in gut 1600 Meter Höhe, die Luft war kalt, es ging ein scharfer Wind. Jefferson band die Pferde an, sagte seiner Lucy ade, schulterte die Flinte und ging, sein Jagdglück zu versuchen. Das letzte, was er sah, war das lodernde Feuer, ihm zugewandt der alte Mann und die junge Frau und dahinter die drei bewegungslos verharrenden Tiere. Dann verdeckten ihm Felsen den Blick.

Kilometer um Kilometer pirschte er durch die Schluchten. Ohne Erfolg. Das einzige, was er immer wieder fand, waren die Spuren von zahlreichen Bären. Schon waren drei Stunden verstrichen, und er dachte ans Aufgeben, da sah er voll Freude, gut hundert Meter über sich, auf einem Felsvorsprung ein schafähnliches Tier mit gewaltigen Hörnern. Es war ein Bighorn und wahrscheinlich der Wächter einer für den Jäger außer Sicht befindlichen Herde. Der Wind stand günstig, und das Bighorn blickte in die andere Richtung. Jefferson kniete nieder, legte sein Gewehr auf einen Felsblock, wartete, bis sein Atem sich beruhigt hatte, zielte sorgfältig und drückte ab. Das Tier tat einen Luftsprung, hielt sich noch einen Moment auf den Füßen und krachte dann hinunter ins Tal. Das ganze Tier mitnehmen konnte der Jäger nicht; dazu war es zu schwer. So löste er nur eine Keule und ein Stück aus dem Rücken und machte sich eilig auf den Rückweg, denn es begann bereits zu dunkeln. Doch schnell mußte er erkennen, daß er im Jagdeifer das Gebiet, in dem er sich auskannte, verlassen hatte und nicht mehr wußte, welchen Weg er gekommen war. Die Schluchten ringsum sahen alle gleich aus. Er folgte einer mehrere Kilometer bis zu einem Felssturz. Aber den hatte er ganz bestimmt noch nie gesehen. Er versuchte es mit einer anderen. Das Ergebnis war das gleiche. Erst als es Nacht geworden war, fand er sich endlich in einer Schlucht, die er kannte. Noch leuchtete nicht der Mond. So suchte er sich in der zwischen den steilen Felsen doppelt tiefen Finsternis mühsam seinen Weg. Schwer drückte die Last auf seiner Schulter. Nur der Gedanke, daß ihn jeder Schritt seiner geliebten Lucy näher brachte, ließ ihn weiter taumeln.

Fast fünf Stunden schon war er unterwegs. Wie sehr mußte sie sich um ihn sorgen. Er legte die Hand an den Mund und rief laut. Aber nur das Echo antwortete in endloser Wiederholung. Er war aber doch schon in der Schlucht, wo er die beiden zurückgelassen hatte. Wieder rief er und blieb ohne Antwort. Angst krampfte sein Herz zusammen. Achtlos ließ er das kostbare Fleisch fallen und stürzte wie ein Wahnsinniger vorwärts. Er bog um den letzten Felsen, der den Blick auf das Feuer verdeckte. Aber da war kein Feuer mehr, war nur noch ein Haufen Asche, unter dem schwach trübrote Glut glomm. Kein Laut, keine Bewegung. Während er weiter rannte, wurden seine Befürchtungen zur Gewißheit. Kein lebendes Wesen war mehr beim Feuer, John Ferrier, Lucy und die Tiere, sie waren alle verschwunden.

Einen Moment lang drehte sich alles um ihn; er mußte sich auf seine Büchse stützen, um nicht zu fallen. Doch schnell hatte er sich wieder gefangen, trat zum Feuer, zog einen angekohlten Ast aus der Asche und entfachte das glimmende Ende zu heller Flamme. Diese provisorische Fackel gab ihm genug Licht, um den Lagerplatz einer flüchtigen Untersuchung zu unterziehen.

Der Boden war von vielen Pferdehufen zerstampft. Es mußte eine große Reiterschar gewesen sein, die die Flüchtlinge überrascht hatte. Sie war, nach den Spuren zu urteilen, aus Richtung Salt Lake City gekommen und wieder dorthin zurückgekehrt. Mit beiden Flüchtlingen? Mit Lucy und John Ferrier? Alles sprach dafür. Doch da fiel Jeffersons suchender Blick auf einen dunklen Hügel etwas abseits vom Lagerplatz. Mit ein paar schnellen Schritten war er dort und stand vor einem frisch aufgeworfenen Grab, geziert von einem rohen Kreuz. Er hielt seine Fackel näher und las die flüchtig eingekerbten Worte: John Ferrier. Und in der zweiten Zeile stand ein Kreuz und das heutige Datum: 4. August 1860.
Also war der alte Mann, den er vor wenigen Stunden noch quicklebendig am Feuer hatte sitzen sehen, tot. Und Lucy? Schmerzhaft schlug sein Herz. Doch so sehr er auch suchte, es blieb bei dem einen Grab. Offensichtlich hatten die Verfolger Lucy mit zurück nach Salt Lake City genommen, um sie dort einem Mormonen anzutrauen. Als diese Tatsache in ihrer ganzen Schwere Jefferson Hope zum Bewußtsein kam und er zugleich seine Machtlosigkeit, es zu verhindern, erkennen mußte, da wünschte er sich für einen Moment, neben John Ferrier in der Erde zu ruhen.
Doch dann beherrschte ihn nur noch ein Gedanke: Rache! Was man ihm angetan hatte, konnte nur der Tod ausgleichen. Ein Tod, den er mit eigener Hand seinen Feinden brachte. Hier zeigte sich, daß Jefferson Hope nicht nur Geduld und Beharrlichkeit eignete, sondern auch eine unbezwingbare Rachsucht, die er von den Indianern gelernt haben mochte, unter denen er so lange gelebt hatte. Er beschloß, nicht zu ruhen und zu rasten, bis er sein Ziel erreicht hatte.
Er holte das Fleisch, das er hatte fallen lassen, briet es über dem neu entfachten Feuer, um für die nächsten Tage Proviant zu haben, und machte sich dann ungeachtet seiner Erschöpfung sofort zu Fuß an die Verfolgung der ›Engel der Zerstörung‹. Tag um Tag quälte er sich durch die Berge, gönnte sich des Nachts

nur wenige Stunden Schlaf im Schutze eines Felsens und war lange vor Morgengrauen schon wieder auf den Beinen. Am sechsten Tag dann stand er wieder in der Adlerschlucht, wo sie ihre vergebliche Flucht begonnen hatten. In ohnmächtiger Wut schüttelte er die Fäuste gegen die Stadt der Mormonen, die sich zu seinen Füßen weit übers Land breitete. Einige Straßen waren geschmückt; es schien ein Fest gegeben zu haben. Während er noch überlegte, was für ein Fest das gewesen sein konnte, drang Hufschlag an sein Ohr, und aus seinem Versteck sah er einen Reiter herantraben. Als dieser näher herangekommen war, erkannte er den Mormonen Cowper, dem er gelegentlich hatte gefällig sein können. Ihm durfte er sich sicher zeigen und und hatte so die Chance, etwas über Lucys Schicksal zu erfahren. Er trat dem Reiter in den Weg und sagte: »Kennst du mich noch? Ich bin Jefferson Hope.«

Der Mormone starrte mit ungläubigem Staunen auf den blassen, wild blickenden, ungekämmten und abgerissenen Mann vor ihm, der so gar nicht dem schmucken Jäger glich, den er gekannt hatte. Doch als ihm klar wurde, daß er tatsächlich Jefferson Hope vor sich hatte, wandelte sich sein Staunen in Bestürzung, ja fast Furcht, und er rief: »Bist du nicht ganz bei Trost, daß du dich hierher wagst? Wenn man mich mit dir beisammen sieht, dann geht's auch mir an den Kragen. Die ›heiligen Vier‹ haben dich für vogelfrei erklärt, weil du den Ferriers zur Flucht verholfen hast. Jeder kann dich ohne Federlesen niederschießen.«

»Sie sollen's nur versuchen«, antwortete Hope grimmig. »Ich will dich nicht in Gefahr bringen, aber bitte, beantworte mir ein paar Fragen. Ich beschwöre dich bei allem, was dir lieb ist. Es ist unheimlich wichtig für mich.«

»Dann frag, aber schnell.« Man sah dem Mormonen an, daß er sich äußerst unwohl in seiner Haut fühlte. »Hier haben die Bäume Augen und die Felsen Ohren.«

»Was ist mit Lucy Ferrier?«

»Man hat sie gestern mit dem jungen Drebber verheiratet.«

Jefferson wurde totenblaß, taumelte und ließ sich auf einen Felsen sinken. Er preßte die Lippen zusammen, um ein Stöhnen zu unterdrücken, und sagte dann fast tonlos: »Verheiratet?«
»Ja, gestern. Wie du siehst, sind die Straßen noch geschmückt. Vorher gab's noch einen Streit, ob sie der junge Drebber oder der junge Stangerson kriegen sollte. Sie waren beide bei den Verfolgern gewesen. Stangerson beanspruchte sie für sich, weil er den Alten erledigt hatte. Schließlich kam's zu einer Verhandlung deswegen, in der der Prophet zu Drebbers Gunsten entschied. Aber er wird sich kaum lange ihres Besitzes rühmen dürfen, wie mir scheint. Sie sieht aus, als ob sie es nicht mehr lange macht. Dir aber kann ich nur raten, so schnell wie möglich zu verschwinden.«
»Nur keine Sorge.« Hope stand auf. Das blutleere Gesicht mit den fest zusammengepreßten Lippen schien wie in Stein gehauen. Nur in den Augen glomm ein böses Licht.
»Was hast du vor?«
Jefferson zuckte die Achseln: »Was kümmert's dich?« Er warf das Gewehr über die Schulter, wandte sich um und schritt hinein in die Schlucht, die ins Herz des Gebirges zu den wilden Tieren führte, von denen keines so wild und gefährlich war wie er.
Der Mormone behielt mit seiner Voraussage nur allzu recht. Ob es nun der Schmerz über den Tod des Vaters war oder die verhaßte, erzwungene Ehe – jedenfalls siechte Lucy von Tag zu Tag mehr dahin und war vier Wochen später tot. Ihr dem Alkohol allzusehr zugeneigter Ehemann, der die junge Frau nur geheiratet hatte, um sich Ferriers Besitz anzueignen, zeigte keinerlei Schmerz über den Verlust. Doch seine Frauen beweinten die Tote und hielten nach Mormonensitte in der Nacht vor dem Begräbnis bei ihr die letzte Wache. Um die Bahre geschart, auf der die Tote lag, beteten sie eifrig, als gegen Morgen plötzlich die Tür aufging. Herein trat zu ihrem Staunen und Schrecken ein verwilderter Mann in zerfetzter Kleidung. Er mußte sich lange außerhalb zivilisierter Gebiete aufgehalten haben. Schwei-

gend und ohne die Frauen zu beachten, trat er zu der leeren Hülle, in der einst das Wesen gewohnt hatte, das Lucy Ferrier gewesen war, beugte sich darüber, drückte einen Kuß auf die kalte Stirn, nahm die Hand der Toten und zog ihr den Ehering vom Finger.

»Der soll dich nicht auch noch im Grab drücken«, murmelte er und war auch schon zur Tür hinaus und im Dämmern des Morgens verschwunden, noch bevor es einer der Frauen einfiel, Alarm zu schlagen. So schnell war der seltsame Vorgang abgelaufen, daß sogar die Beteiligten versucht waren, an eine Erscheinung zu glauben, hätte nicht tatsächlich der Ring gefehlt, das Zeichen der schmählichen Heirat.

In den Folgemonaten führte Jefferson Hope ein unstetes Leben in den Bergen und schmiedete Rachepläne. In der Stadt kursierten Geschichten von einer unheimlichen Gestalt, die der eine in den Bergschluchten und der andere in den Straßen der Stadt gesehen hatte. Einmal pfiff eine Kugel durchs Fenster, verfehlte Stangersons Kopf nur um wenige Zentimeter und bohrte sich in die Wand des Zimmers. Ein andermal löste sich von der Klippe, unter der Drebber durchritt, ein riesiger Felsbrocken. Drebber entging dem sicheren Tod nur dadurch, daß er geistesgegenwärtig vom Pferd sprang und sich eng an den Felsen preßte. Die beiden Mormonen waren nicht lange im Zweifel, wer ihnen da nach dem Leben trachtete. Mehrfach versuchten sie zusammen mit anderen, ihren Verfolger zu stellen und zu töten. Aber es gelang nicht. Schließlich wagten sie sich tagsüber nur noch in Begleitung und nachts gar nicht mehr aus dem Haus, das sie rund um die Uhr bewachen ließen. Diese Maßnahmen schienen Erfolg zu haben, denn es gab keine weiteren Anschläge. Es sah so aus, als habe Jefferson Hope seine Rachepläne aufgegeben.

Aber weit gefehlt. Der Wunsch, sich zu rächen, war stärker, war zur Besessenheit geworden. Allerdings verlor der junge Jäger dabei nicht den Sinn für das Machbare. Er erkannte sehr bald, daß sogar seine eiserne Gesundheit den Anstrengungen des Lebens, das er führte, auf die Dauer nicht gewachsen sein konnte. Nie gab es für ihn ausreichend Nahrung und ein Dach über dem Kopf. Er mußte damit rechnen zu sterben, bevor er seine Rache vollendet hatte. So seinen Feinden in die Hände zu arbeiten konnte kaum in seinem Interesse sein.

Schweren Herzens gab er also vorläufig die Verfolgung auf und begab sich zurück zur Silbermine. Hier konnte er seine Gesundheit wiederherstellen und sich genügend Geld für eine erneute, weniger entbehrungsreiche Jagd verschaffen.

Mehr als ein Jahr hatte er nicht dafür eingerechnet. Aber unvorhergesehene Umstände machten fünf daraus. Doch sein Rachedurst war kein bißchen kleiner geworden, die Flamme des Hasses loderte noch genauso hell wie in jener Nacht, als er an John Ferriers Grab gestanden hatte. In Verkleidung und unter falschem Namen kehrte er nach Salt Lake City zurück, um das, was er für Gerechtigkeit hielt, durchzusetzen, und sollte es ihn auch das Leben kosten. Doch ihn erwartete eine Enttäuschung. Wenige Monate zuvor war es zu einer Spaltung unter den ›Heiligen der letzten Tage‹ gekommen: Die jüngeren unter den Mormonen hatten sich gegen die Ältesten aufgelehnt. Viele verließen die Kirche und Utah, auch Drebber und Stangerson. Wohin sie gegangen waren, wußte niemand. Gerüchteweise verlautete, Drebber habe verstanden, seinen Besitz zum größten Teil zu Geld zu machen, und lebe nun von seinem Reichtum; dagegen sei Stangerson weitgehend mittellos.

Auch der rachsüchtigste Verfolger hätte wohl unter diesen Umständen seine Pläne als aussichtslos aufgegeben. Jefferson Hope aber dachte mit keinem Gedanken daran. Er machte sich auf die Suche nach seinen Feinden. Und als ihm das Geld ausging, lebte er von Gelegenheitsarbeiten. Er jobbte von einer Stadt der Vereinigten Staaten zur anderen. Die Jahre vergingen, das schwarze Haar wurde grau, und immer noch dachte dieser Bluthund auf zwei Beinen nur an seine Rache. Endlich wurde seine Ausdauer belohnt. Flüchtig erblickte er in Cleveland an einem Fenster die Männer, die er suchte. Als er in sein ärmliches Quartier zurückkehrte, war sein Plan fertig. Aber auch Drebber hatte in dem Vagabunden auf der Straße seinen Todfeind erkannt. Mit Stangerson zusammen, der inzwischen sein Privatsekretär geworden war, ging er sofort zur Polizei. Sie nahm Jefferson Hope noch am gleichen Abend in Gewahrsam. Da er die geforderte Kaution nicht aufbringen konnte, dauerte es Wochen, bis er wieder frei kam. Drebber und Stangerson aber hatten sich längst nach Europa abgesetzt.

Doch auch dieser Mißerfolg konnte ihn nicht zur Aufgabe seiner Rachepläne bringen. Er legte jeden entbehrlichen Dollar beiseite, bis er das Geld für die Überfahrt zusammen hatte. Jetzt war die Spur heiß. Er folgte seinen Feinden von Stadt zu Stadt. Aber immer kam er einen Schritt zu spät. Wenn er Petersburg erreichte, waren seine Feinde bereits in Paris, und als er dort ankam, waren die beiden längst in Kopenhagen. Doch ihr Vorsprung war auf wenige Tage zusammengeschrumpft, und in London schließlich fand die Jagd ihr Ende.

Was dann hier geschah, wissen wir aus des Verfolgers eigenem Munde. Dr. Watson hat festgehalten, was Jefferson Hope aussagte. Kehren wir also zurück in die Baker Street 221 b, zurück zum triumphierenden Sherlock Holmes.

Das Bekenntnis eines Mörders

Die Erkenntnis, daß er gebunden und machtlos war, bewirkte bei unserem Berserker einen erstaunlichen Wandel. Freundlich und ganz besorgt erkundigte er sich, ob er einen von uns bei der Balgerei verletzt habe? Er fuhr dann, an Holmes gewandt fort: »Wenn ich, wie ich annehme, zur Polizei gebracht werden soll, dann wäre es besser, wenn Sie mir die Fußfesseln wieder abnehmen, es sei denn, Sie wollen mich zur Kutsche tragen.«

Gregson und Lestrade wechselten Blicke; ihnen gefiel der Vorschlag gar nicht. Holmes aber löste ohne ein Wort das Handtuch, das die Knöchel zusammenhielt. Hope stand auf und machte ein paar Schritte, wie um sich zu vergewissern, daß er wirklich wieder ungehindert die Füße bewegen konnte. Selten hatte ich einen so wohlgebauten, kräftigen Mann gesehen, der soviel Energie, Entschlußkraft und Selbstbewußtsein ausstrahlte.

»Sie hätten Polizeichef werden sollen«, fuhr er anerkennend fort. »Alle Achtung, daß Sie mir auf die Spur gekommen sind; das will schon etwas heißen.«

»Wir gehen am besten alle mit nach Scotland Yard«, wandte sich Holmes an die beiden Detektive.

»Ich mache den Kutscher«, schlug Lestrade vor.

»Fein, dann können Gregson und ich weich sitzen. Sie auch, Doktor. Sie waren ja von Anfang an dabei, sollten sich also den Schluß der Geschichte auch nicht entgehen lassen.«

Das ließ ich mir natürlich nicht zweimal sagen. Wir marschierten also alle zusammen die Treppe hinunter. Unser Gefangener machte keinerlei Versuch zu fliehen und stieg ohne Umstände in seine Kutsche. Wir folgten ihm. Lestrade nahm auf dem Kutschbock Platz, brachte das Pferd auf Trab, und es dauerte nicht lang, bis wir am Ziel waren. Man führte uns in ein enges Büro, wo ein Inspektor die Personalien des Festgenommenen aufnahm und den Grund der Verhaftung. Er war ein blasser Mann und waltete teilnahmslos seines Amtes.

»Der Gefangene wird noch im Laufe dieser Woche dem Untersuchungsrichter vorgeführt«, sagte er. »Falls Sie noch etwas vorzubringen haben, Mr. Jefferson Hope – ich muß Sie darauf hinweisen, daß alles, was Sie sagen, gegen Sie verwendet werden kann.«

»Ja, das habe ich«, sagte der Verhaftete nachdenklich. »Sie sollen erfahren, wie alles gekommen ist.«

»Wäre es nicht besser, das dem Richter zu erzählen?« gab der Inspektor zu bedenken.

»Ich glaube nicht, daß ich vor Gericht komme«, war die Antwort. »Nein, nein, ich denke nicht an Selbstmord. Sie sind doch Arzt?« Er heftete seine dunklen, brennenden Augen auf mich.

»Ja.«

»Dann legen Sie mal Ihr Ohr hier an meine Brust.« Er führte die gefesselten Hände zum Herzen.

Ich kam seiner Bitte nach und erschrak. Die Maschine da drin arbeitete nur noch mühsam: es schien, als wolle sie die Brust sprengen. Der Mann hatte ein Herzleiden im Endstadium.

»Sie gehören sofort in ein Krankenhaus!«

»Ja«, antwortete er gelangweilt. »Das hat mir ein Doktor letzte Woche auch schon gesagt. Er meinte, ich würde sonst riskieren, eines Tages tot umzufallen. Ich spür's schon lange. Es dürfte aus der Zeit in den Bergen bei Salt Lake City stammen. Die Ursache: Überanstrengung und Unterernährung. Aber jetzt ist meine Aufgabe erfüllt, und ich kann abtreten. Ich muß nur noch sagen, wie es wirklich war, denn man soll mich nicht für einen gemeinen Mörder halten.«

Der Inspektor und die beiden Detektive diskutierten kurz miteinander, ob es wirklich nötig war, jetzt schon die Aussage aufzunehmen. Schließlich fragte mich der Inspektor: »Glauben Sie, daß eine unmittelbare Lebensgefahr besteht?«

»Ich bin ziemlich sicher, ja«, gab ich zur Antwort.

»Dann allerdings bleibt nichts anderes übrig«, seufzte der Beamte hinter dem Schreibtisch. »So fangen Sie an. Aber ich mache Sie nochmals darauf aufmerksam, daß alles gegen Sie verwendet werden kann.«

»Sie haben sicher nichts dagegen, wenn ich mich setze«, sagte der Gefangene und ließ sogleich den Worten die Tat folgen. »Ich werde in letzter Zeit so schnell müde. Kann auch sein, daß es die Balgerei von vorhin ist, die mir in den Knochen steckt. Sie brauchen keine Angst zu haben, daß ich Sie anlüge. Ich stehe am Rand des Grabes, fangen Sie mit meiner Aussage an, was Sie wollen.«

Jefferson Hope lehnte sich zurück und begann. Er sprach völlig leidenschaftslos, als handle es sich um eine ganz alltägliche Geschichte. Aber ich kann mich für den Wahrheitsgehalt des Folgenden verbürgen, denn mir stand Lestrades Notizbuch zur Verfügung, in dem er Wort für Wort mitgeschrieben hatte.

»Es hat wenig Sinn, haarklein zu erzählen, warum ich diese beiden Männer gehaßt habe. Es mag Ihnen genügen zu wissen, daß sie am Tod zweier Menschen schuldig waren, eines Vaters und seiner Tochter, und daß sie deshalb ihr Leben verwirkt hatten. Doch lag das Verbrechen so lang zurück, daß kein Gericht der Welt sie noch dafür bestraft hätte. So beschloß ich, der ich um ihre Schuld wußte, das Urteil an den beiden zu vollstrecken. Wären Sie an meiner Stelle gewesen, Sie hätten nichts anderes getan, es sei denn, es ginge Ihnen jedes Gefühl für Gerechtigkeit ab.

Vor zwanzig Jahren war das Mädchen, von dem ich gerade gesprochen habe, mit mir verlobt. Man zwang es, diesen Drebber zu heiraten, und das brach ihr das Herz. Ich nahm ihr den Ehering vom Finger und schwor, daß der Schurke im letzten Augenblick seines Lebens diesen Ring vor Augen haben und so in dem Bewußtsein sterben sollte, daß ihn die Strafe für sein Verbrechen erreicht hat. Durch zwei Kontinente mußte ich ihm und seinem Komplizen folgen, bis ich sie stellen konnte. Vergeblich haben sie versucht, mir zu entkommen. Jetzt kann ich sterben, denn es war meine Hand, die das Urteil vollstreckt hat. Meine Arbeit ist getan, mir bleibt nichts mehr, wofür zu leben sich noch lohnt.

Was die Verfolgung komplizierte: Drebber und Stangerson waren reich und ich arm. Als ich in London ankam, hatte ich keinen Pfennig in der Tasche. So mußte ich mir als erstes Arbeit beschaffen. Reiten und Fahren sind für mich so selbstverständlich wie Gehen. Also begab ich mich zu einem Fuhrunternehmen und bekam auch prompt eine Stelle als Droschkenkutscher. Ich hatte ihm jede Woche eine bestimmte Summe abzuliefern. Was ich darüber hinaus verdiente, das gehörte mir. Oft trat dieser Fall nicht ein, aber irgendwie brachte ich mich über die Runden. Nur mit dem Zurechtfinden in London hatte ich Schwierigkeiten. Von allen Irrgärten dürfte diese Stadt der komplizierteste sein. Na ja, ich beschaffte mir einen Stadtplan, und als ich dann erst einmal die großen Hotels, Plätze und öffentlichen Gebäude kannte, kam ich ganz gut zurecht.

Es brauchte einige Zeit, bis ich die beiden Burschen ausfindig gemacht hatte. Aber ich ließ nicht locker und brachte endlich heraus, daß sie in einer Pension drüben über'm Fluß in Camberwell wohnten. Damit waren sie geliefert. Ich hatte mir einen Bart wachsen lassen. So konnte ich ihnen ohne Furcht, erkannt zu werden, folgen und auf meine Chance warten. Meist tat ich das mit der Kutsche, was unauffälliger war, gelegentlich aber auch zu Fuß. Nur bekam ich jetzt Schwierigkeiten mit dem Fuhrunternehmer, denn in den wenigen Stunden, die mir die Verfolgung der beiden fürs Geldverdienen ließ, kriegte ich natürlich die vereinbarte Summe nie zusammen. Aber das kümmerte mich wenig, solange ich dadurch nicht an der Beschattung gehindert wurde.

Ganz offensichtlich fühlten sich Drebber und Stangerson alles andere als sicher, denn wenn sie ausgingen, dann nur zu zweit und nie nach Einbruch der Dunkelheit. In den vierzehn Tagen, die ich ihnen folgte, sah ich nie einen ohne den anderen. Drebber war fast immer betrunken, aber Stangerson paßte auf. Ich hatte nie die geringste Chance. Einen anderen hätte das vielleicht dazu bewogen aufzugeben. Aber nicht mich, denn irgend etwas sagte mir, daß meine Stunde gekommen war. Nur eines fürchtete ich, mein Herz möchte seinen Dienst versagen, bevor ich meine Aufgabe erfüllt hatte.

Und dann war es soweit. Ich fuhr, es dämmerte schon, Torquay Terrace, das ist die Straße, in der sie wohnten, auf und ab. Da rollte eine Droschke vor die Tür der Pension. Man lud Gepäck ein, und kurze Zeit später kamen Drebber und Stangerson und fuhren fort. Ich folgte und war ganz krank bei der Vorstellung, daß die beiden abreisen könnten. Als sie am Bahnhof Euston ausstiegen, ging ich ihnen bis auf den Bahnsteig nach. Das Pferd hielt solange ein Straßenjunge. Ich hörte sie einen Bahnbediensteten nach dem Zug nach Liverpool fragen. Doch der war gerade fort, und der nächste fuhr erst in ein paar Stunden. Stangerson machte ein ärgerliches Gesicht, aber Drebber schien ganz zufrieden. In dem Gedränge auf dem Bahnsteig schob ich mich so dicht an sie heran, daß ich jedes Wort verstehen konnte. Drebber erklärte, er müsse noch etwas erledigen, Stangerson solle warten, bis er wiederkäme. Doch das paßte dem gar nicht. Er erinnerte Drebber daran, daß sie doch immer beisammenbleiben wollten. Drebber antwortete, es handle sich um eine recht delikate Angelegenheit, bei der er ihn nicht gebrauchen könne. Stangersons Antwort kriegte ich nicht mit. Aber Drebber fing daraufhin an, wüst zu fluchen, und erinnerte Stangerson daran, daß er nur ein bezahlter Diener sei und daß er, Drebber, sich von ihm nicht vorschreiben lasse, was er zu tun habe. Daraufhin gab Stangerson klein bei. Die beiden machten noch aus, daß sie sich in Hallidays Pension treffen wollten.

Das war die Gelegenheit, auf die ich so lange gewartet hatte. Doch Rache hat nur dann Sinn, wenn der Betroffene Zeit hat zu erkennen, wer wofür Vergeltung übt. Deshalb hatte ich längst meinen Plan gemacht. Dabei war mir der Zufall zu Hilfe gekommen. Ich hatte nämlich vor einiger Zeit einen Mann in die Brixton Road gebracht, wo er sich ein paar Häuser anschauen wollte. Und der hatte einen Schlüssel in meiner Droschke verloren. Er bemerkte seinen Verlust noch am Abend des gleichen Tages und holte den Schlüssel. Aber inzwischen hatte ich mir einen Abdruck davon gemacht. Danach konnte ich mir einen Zweitschlüssel machen und hatte so Zugang zu einem Plätzchen, wo mich niemand stören würde. Ich mußte nur noch Drebber dorthin lotsen. Für das Wie hatte ich allerdings noch kein Rezept.

Er lief die Straße entlang und stärkte sich immer wieder in den Kneipen. In der letzten hielt er es fast eine halbe Stunde aus. Als er herauskam, torkelte er. Offensichtlich hatte er zuviel getrunken. Er schnappte sich die Droschke unmittelbar vor meiner, und ich fuhr hinterher. Wir ratterten über Waterloo Bridge und durch tausend Straßen, bis wir zu meinem Staunen wieder in der Straße mit der Pension landeten, wo er logiert hatte. Ich hielt in einiger Entfernung, um zu sehen, was weiter geschah. Er stieg aus, schickte die Droschke weg und ging ins Haus. – Könnte ich wohl ein Glas Wasser haben? Ich habe vom vielen Reden einen ganz trockenen Mund.«

Ich erfüllte seinen Wunsch. Gierig trank er das Glas leer und fuhr dann fort: »Jetzt geht's weiter. Also, nach etwa einer Viertelstunde wurde es im Haus laut. Es hörte sich ganz nach einem Streit an. Dann ging die Tür auf, und ich sah zwei Männer. Einer davon war Drebber; den anderen, einen jungen Mann, kannte ich nicht. Er hielt Drebber am Kragen gepackt. Oben an der Treppe gab er ihm einen kräftigen Schubs, der Drebber bis auf die Straße stolpern ließ. Dabei schrie er: ›Du Schweinehund, dich will ich lehren, ein anständiges Mädchen zu beleidigen. Scher dich bloß fort!‹ Drohend schwang er einen Stock.

Der junge Mann war so wütend – ich glaube, er hätte Drebber noch eine tüchtige Tracht Prügel verabreicht, wäre der nicht davongerannt, so schnell er konnte. Bei meiner Droschke angekommen, sprang er hinein und keuchte nur: ›Hotel Halliday!‹ Jetzt hatte ich ihn. Die Freude sprengte mir fast mein krankes Herz. Während der Fahrt überlegte ich mir den nächsten Schritt. Zu meinem stillen Plätzchen konnte ich erst, wenn's dunkel war. Sollte ich aus der Stadt rausfahren und an einsamer Stelle ein letztes Gespräch mit ihm führen? Doch er enthob mich der Entscheidung, indem er mich vor einer Kneipe anhalten und warten hieß, bis er wiederkäme. Der Durst hatte ihn erneut gepackt. Er blieb bis zur Polizeistunde und war dann so blau, daß er kaum noch gehen konnte.
Ich hatte nicht vor, ihn kalten Blutes umzubringen, das dürfen Sie mir glauben. Das wäre zwar nur gerecht gewesen, aber ich konnte es einfach nicht. Im Gegenteil, ich hatte beschlossen, ihm eine letzte Chance zu geben, sein Leben zu retten. Eine meiner Beschäftigungen war die eines Gehilfen im Labor des York College gewesen. Das gab mir immer wieder Gelegenheit, den Professoren zuzuhören. Einmal dozierte einer über Gifte und zeigte seinen Studenten ein, wie er sagte, Alkaloid, das er aus einem südamerikanischen Pfeilgift gewonnen hatte. Es war so giftig, daß es noch in Spuren sofort tödlich wirkte. Ich merkte mir die Flasche, und als alle fort waren, füllte ich mir etwas von dem Gift ab. Dann stellte ich wasserlösliche Pillen her und versetzte die Hälfte davon mit dem Gift. Schließlich legte ich immer zwei Pillen, eine giftige und eine ungiftige, in Schächtelchen. Die wollte ich den beiden anbieten. Sie mußten eine nehmen, und die zweite war dann für mich. Seitdem trug ich immer ein solches Pillenschächtelchen bei mir.
Mitternacht war vorbei, es war schon fast ein Uhr. Die Nacht war stockfinster, das Wetter wüst: es ging ein heftiger Wind, und es regnete in Strömen. Ungeachtet dessen aber war meine Stimmung ausgezeichnet. Ich hätte singen mögen vor Freude. Nachfühlen kann das nur einer, der wie ich zwei lange Jahr-

zehnte etwas nachjagt und auf einmal dieses Etwas in seine Hand gegeben sieht. Ich rauchte eine Zigarre, um meine flatternden Nerven zu beruhigen. Und so wahr ich hier stehe, den ganzen Weg, bis in die Brixton Road, begleiteten mich lächelnd John Ferrier und meine geliebte Lucy – ich sah sie so deutlich, wie ich Sie hier vor mir sehe.

Keine Menschenseele war unterwegs, das einzige Geräusch war das ständige Rauschen des Regens. Als ich die Tür öffnete, saß Drebber in sich zusammengesunken auf dem Sitz und schlief. Ich rüttelte ihn wach: ›Wir sind da, Sie müssen aussteigen!‹

›Ja, ja‹, knurrte er, ›ich komme ja schon.‹

Er dachte natürlich, wir seien beim Hotel angekommen, wälzte sich ohne ein weiteres Wort aus der Kutsche und tappte von mir geleitet zur Haustür. Er schwankte fürchterlich. Ohne meine hilfreiche Hand wäre er nicht nur einmal zu Boden gegangen. Ich schloß die Tür auf und führte ihn in das straßenseitige Zimmer. Und ob Sie's glauben oder nicht, immer noch gingen Ferrier und Lucy vor uns her.

Drebber stolperte und schimpfte: ›Verdammt dunkel!‹

›Ich mach' gleich Licht‹, antwortete ich, zog einen Kerzenstummel und Streichhölzer aus der Tasche, riß ein Streichholz an und hielt es gegen den Docht. Dann führte ich die Kerze vor mein Gesicht und sagte: ›Erkennst du mich, Enoch Drebber?‹

Blicklos stierte er mich an. Doch dann, als er mich erkannte, krampften sich seine Züge in jähem Schrecken zusammen. Er wich zurück, auf seiner Stirn erschien Angstschweiß, seine Lippen zitterten. Ich konnte nicht anders bei diesem Anblick, ich mußte lang und anhaltend lachen. Man sagt immer, daß Rache süß ist, aber ich hätte nie geglaubt, daß sie mich mit einer solchen Befriedigung erfüllen würde.

›Du erbärmliches Schwein‹, sagte ich und kostete jedes Wort aus, ›seit Salt Lake City jage ich hinter dir her. Immer bist du mir entkommen. Doch jetzt sind wir am Ende des Weges. Diesen Raum wird nur einer von uns beiden lebend verlassen.‹

Er wich zurück, so weit er konnte. Ich sah ihm an, daß er mich

für verrückt hielt. Ganz unrecht hatte er in diesem Moment nicht. Mein Herz raste und ich hatte das Gefühl, mein Kopf würde gleich platzen. Wahrscheinlich hat mich vor dem Gehirnschlag nur der Blutsturz bewahrt – jedenfalls lief mir das Blut in Strömen aus der Nase, und danach war mir viel leichter.
›Weißt du jetzt, wie Lucy Ferrier zumute war?‹ Ich drehte den Schlüssel im Schloß und hielt ihn ihm vor die Nase. ›Es hat lange gedauert, bis dich die Vergeltung erreichte, aber jetzt ist es soweit, jetzt wirst du büßen.‹
Seine Lippen bebten, und er hätte sicher um sein Leben gebettelt, hätte er nicht gewußt, daß es sinnlos war.
›Du willst doch nicht zum Mörder werden‹, stammelte er.
›Wer spricht denn hier von Mord?‹ höhnte ich. ›Es ist doch kein Mord, wenn man einen tollwütigen Hund totschlägt. Hattest du vielleicht Mitleid mit Lucy, als du ihren Vater erschlugst und sie in dein Haus schlepptest?‹
›Es war doch Stangerson, der Ferrier tötete.‹
›Und du hast Lucy das Herz gebrochen! Aber lassen wir Gott richten.‹ Ich hielt ihm die geöffnete Pillenschachtel hin. ›Wähle! Eine dieser Pillen bringt den Tod und eine das Leben. Wähle gut! Die zweite Pille ist für mich. Wir werden sehen, ob es eine höhere Gerechtigkeit gibt oder nicht.‹
Laut um Erbarmen flehend wandte er sich ab, aber ich drängte ihn in die Ecke, zog mein Messer und setzte es ihm an die Kehle. Endlich nahm er die Pille. Ich schluckte die andere. Dann standen wir beide da, schauten uns an und warteten, daß einer starb. Nie werde ich seine Angst und sein Entsetzen vergessen, als er das Gift in seinen Adern spürte. Ich lachte und hielt ihm Lucys Ehering vor Augen. Er starb schnell. Ein Aufzucken unsäglicher Angst, Hände die zur Kehle fuhren, Taumeln, ein röchelnder Schrei, und er brach zusammen. Ich drehte ihn auf den Rücken, legte die Hand auf sein Herz: er war tot.
Bis dahin hatte ich keinerlei Notiz von dem Blut genommen, das mir aus der Nase rann. Die Idee, damit zu schreiben, kam mir urplötzlich. Mag sein, daß ich unbewußt damit die Polizei

auf eine falsche Spur setzen wollte. Ich erinnerte mich daran, daß man in New York einen ermordeten Deutschen gefunden hatte, dem man das Wort ›Rache‹ aufs Hemd geschrieben hatte. Die Zeitungen hatten seinerzeit daraus geschlossen, daß es sich um einen Fememord handeln müsse. Und was die New Yorker irregeführt hatte, würde die Londoner erst recht durcheinanderbringen. Also tauchte ich den Finger in mein Blut und schrieb an die Wand ›Rache‹.

Meine Kutsche stand noch so einsam da, wie ich sie verlassen hatte. Nach wie vor zeigte sich kein Mensch auf der Straße. Ich war schon ein gutes Stückchen gefahren, da stellte ich bei einem Griff in die Westentasche fest, daß Lucys Ring weg war. Ich mußte ihn verloren haben. Das konnte gewesen sein, als ich mich über Drebbers Leiche beugte, aber ebensogut auch, als ich wieder in die Kutsche stieg. Ich mußte ihn wieder haben, denn er war das einzige Erinnerungsstück an meine Lucy. Ich drehte um und fuhr zurück, ließ aber den Wagen vorsichtshalber in einer Nebenstraße stehen. Als ich das Haus erreichte, lief ich geradewegs einem Polizisten in die Arme, der herauskam. Schnell entschlossen mimte ich einen sinnlos Betrunkenen.

Nachdem Drebber seine Strafe gefunden hatte, blieb mir nur noch, dafür zu sorgen, daß Stangerson für Ferriers Tod büßte.

Den ganzen Tag beobachtete ich Hallidays Hotel, aber er ließ sich nicht blicken. Vielleicht ahnte er etwas, als Drebber nicht mehr auftauchte. Er war schon immer der vorsichtigere von beiden gewesen. Aber wenn er gedacht haben sollte, er könnte mir entkommen, indem er sich im Hotel versteckte, dann hatte er sich geirrt. Es war nicht schwer herauszubekommen, in welchem Zimmer er wohnte. Am nächsten Morgen nahm ich die Leiter, die im Hof lag, stieg hinauf und in sein Zimmer. Ich weckte ihn und eröffnete ihm, daß die Stunde gekommen war, da er sich verantworten mußte. Ich erzählte ihm, wie Drebber gestorben war, und bot ihm die gleiche Chance. Aber statt nach einer der Pillen zu greifen und der Chance, sein Leben zu retten, sprang er mir an die Gurgel. Aus Notwehr stieß ich ihm

mein Messer in die Brust. Aber ich bin sicher, daß er auch im anderen Fall nicht seinem Schicksal entkommen wäre und die todbringende Pille gewählt hätte.
Ja, und damit bin ich auch schon fast am Ende meiner Geschichte. Ich ging weiter meiner Beschäftigung als Droschkenkutscher nach. Ich wollte nach Amerika zurück, sobald ich genügend Geld zusammen hatte. Heute, ich stand gerade mit meiner Kutsche im Hof des Fuhrunternehmens, kam so ein in Lumpen steckender Straßenjunge, fragte nach mir und bat mich, in die Baker Street 221 b zu kommen. Ich dachte mir nichts dabei, und dann verpaßte mir dieser junge Mann hier Handschellen, schneller und gekonnter, als ich das je in meinem Leben miterlebt habe. Mehr gibt's nicht zu erzählen. Sie mögen mich jetzt für einen Mörder halten – doch ich bin ebenso ein Diener der Gerechtigkeit wie Sie.«
Sogar die abgebrühten Detektive hatten gespannt zugehört und verharrten nun minutenlang in nachdenklichem Schweigen. Man hörte nur Lestrades Feder übers Papier kratzen.
Schließlich sagte Sherlock Holmes: »Eins hätte ich noch ganz gerne gewußt. Wer war das eigentlich, der den Ring holte?«
Der Gefangene sah ihn mit einem verschmitzten Lächeln an: »Ich erzähle Ihnen gerne alles, was mich betrifft, aber erwarten Sie nicht, daß ich andere Leute hineinreite. Ich las die Anzeige. Vielleicht wollte man mich damit in eine Falle locken. Mein Freund erbot sich, das festzustellen. Sie werden zugeben müssen, daß er seine Sache gut gemacht hat.«
»Allerdings!« Holmes grinste.
»Schluß jetzt, meine Herren«, sagte der Inspektor wichtigtuerisch, »wir müssen uns an die Vorschriften halten. Kommenden Donnerstag wird man den Gefangenen dem Untersuchungsrichter vorführen. Dazu müssen dann auch Sie erscheinen. Hope bleibt solange hier.«
Er läutete, zwei Gefängnisaufseher erschienen und führten Jefferson Hope in seine Zelle. Sherlock Holmes und ich aber nahmen eine Droschke und fuhren zurück in die Baker Street.

Die Methode des Meisterdetektives

Der Gang zum Gericht blieb uns erspart, denn am Donnerstag war Jefferson Hope tot. Ein höherer Richter hatte ihn vor sein Tribunal gerufen, wo ihm gewiß die wahre Gerechtigkeit, die er sich angemaßt hatte, zuteil werden würde. Gestorben aber war er, wie man uns berichtete, mit einem Lächeln auf den Lippen.

Am Abend dann saßen Holmes und ich beisammen und unterhielten uns über Jeffersons plötzlichen Tod.

»Das wird Gregson und Lestrade ganz schön ärgern«, bemerkte Holmes. »Jetzt ist's nichts mehr mit dem großen Auftritt vor Publikum.«

»Was ich nur recht und billig finde, denn schließlich haben sie so gut wie nichts dazu getan, daß der Mörder gefaßt wurde.«

»Kommt es denn in dieser Welt darauf an, daß man etwas tut?« entgegnete Holmes mit einer gewissen Bitterkeit. »Man muß doch nur verstehen, die Leute glauben zu machen, daß man etwas getan hat.« Er schwieg ein Weilchen und fuhr dann in normalem Ton fort: »Aber was soll's? Es wäre schade gewesen, wenn ich mir hätte den Fall entgehen lassen. Er war interessanter als alle bisher. Und das, obwohl im Grunde die Geschichte sehr einfach war. Aber, da gab es ein paar Details . . .«

»Einfach sagen Sie!?« Ich war baß erstaunt.

»Ich wüßte nicht, welche Bezeichnung ich sonst wählen sollte.« Holmes lächelte herablassend. »Schließlich genügten einige einfache Schlußfolgerungen, und ich konnte binnen drei Tagen die Hand auf den Verbrecher legen. Was soll daran kompliziert sein?«

»Wenn Sie es so sehen!«
»Allerdings! Erinnern Sie sich noch? Ich sagte Ihnen doch, daß alles Ungewöhnliche die Aufklärung eines Verbrechens eher fördert als behindert. Wesentlich in einem Fall wie dem vorliegenden ist es, daß man versteht, Rückschlüsse zu ziehen. Das ist eine sehr nützliche und leicht zu lernende Kunst, auch wenn die wenigsten Menschen sie beherrschen. Im täglichen Leben ist es auch wichtiger vorauszudenken, womit natürlich die andere Seite automatisch vernachlässigt wird. Nur einer unter fünfzig ist imstande, analytisch zu denken.«
»Tut mir leid, da komme ich nicht ganz mit.«
»Das war zu erwarten. Ich will versuchen, es einfacher auszudrücken. Die meisten Menschen können aus den Ereignissen auf das Resultat schließen, das Ergebnis dieser Ereignisse. Aber kaum einer vermag umgekehrt aus dem Resultat auf die Ereignisse zu schließen, ohne die es dieses Resultat nie gegeben hätte. Das meinte ich mit Rückschlüsse ziehen bzw. analytisch denken; ich könnte auch sagen ›zurückdenken‹.«
»Ach so!« Jetzt war mir die Sache klarer.
»Unser Fall verlangte genau diese Fähigkeit. Das Ergebnis lag vor, es galt die Ereignisse und Umstände herauszufinden, die dazu geführt hatten. Ich will einmal versuchen, Ihnen meine Überlegungen und Folgerungen Schritt für Schritt von Anfang an darzulegen: Sie erinnern sich, ich ging das letzte Stück zum Mordhaus zu Fuß, und ich wußte nur, daß in dem Haus ein Mann ermordet worden war. Meine Aufmerksamkeit galt selbstverständlich zunächst der Straße. Ich entdeckte, darüber sprachen wir ja schon, die Spuren einer Kutsche, die aus den Ihnen bekannten Gründen während der vergangenen Nacht in der Straße gewesen sein mußte. Daß es nur eine Droschke und nicht eine Privatkutsche gewesen sein konnte, ging aus der Spurweite hervor; sie ist bei den Londoner Droschken kennzeichnend gering.
Damit hatte ich das erste Ereignis. Anschließend nahm ich mir das Stück Weg von der Gartentür zum Haus vor. Glücklicher-

weise war der Boden lehmig und damit ein ausgezeichneter Spurenträger. Wo Sie nur zertrampelten Boden sahen, erkannte ich, weil ich darauf trainiert bin, die allerwichtigsten Spuren. Es gibt in der Kriminalistik kaum etwas Wichtigeres und mehr Vernachlässigtes als die Fähigkeit des Spurenlesens. Ich habe glücklicherweise von Anfang an großen Wert darauf gelegt, und durch ständige Übung ist es mir zur zweiten Natur geworden.

Die Fußabdrücke der Polizisten waren sehr deutlich. Aber es gab auch noch die Spuren von zwei Männern, die den Weg vorher benutzt haben mußten. Warum vorher? Nun, weil dort, wo sich die Spuren überlagerten, die Fußabdrücke der Polizisten die der beiden Männer auslöschten oder besser überprägten. Damit hatte ich das nächste Ereignis: zwei Männer waren nachts ins Haus gegangen. Der eine sehr groß, wie man aus seiner Schrittlänge schließen mußte, der andere sehr gut angezogen, was seine elegant schmalen Schuhe nahelegten.

Diese Folgerung fand sofort ihre Bestätigung, als der Tote vor mir lag. Also mußte der zweite, der große Mann, der Mörder sein. Aber war es überhaupt Mord? Der Tote wies ja keinerlei Wunden auf. Dem Gesichtsausdruck nach hatte er seinen Tod kommen sehen. Damit war ein Herzschlag oder eine ähnliche natürliche Todesursache auszuschließen. Ein Herzschlag kommt plötzlich und ohne Vorwarnung. Aus dem Mund des Toten drang ein ganz spezifischer säuerlicher Geruch. Daraus war zu schließen, daß er an Gift gestorben war. Das Gift mußte ihm aufgezwungen worden sein, denn sonst hätte sein Gesicht nicht diesen Ausdruck von Haß und Furcht getragen. Indem ich von jeweils mehreren Möglichkeiten alle bis auf eine ausschloß, war ich zur richtigen Erklärung gekommen. Richtig, weil alle Fakten paßten. Und so weit hergeholt war sie ja auch nicht. Schließlich ist Giftmord alles andere als neu in der Kriminalgeschichte.

Doch jetzt kam die große, alles entscheidende Frage des Warum. Raubmord schloß aus. War es ein politischer Mord oder ging es um eine Frau? Von Anfang an erschien mir das letztere als das wahrscheinlichere. Bei politischen Morden schlägt der Täter schnell zu und flieht, so rasch er kann. Bei unserem Mord aber hatte sich der Täter viel Zeit gelassen, wie man aus seinen zahlreichen Spuren schließen konnte. Da war offensichtlich eine Privatfehde ausgetragen worden.

In dieser Meinung fand ich mich bestärkt, als Lestrade das Wort ›Rache‹ an der Wand entdeckte. Das konnte nur der Versuch sein, eine falsche Spur zu legen. Und zur Gewißheit wurde meine Vermutung, als der Ring auftauchte. Damit hatte der Täter sein Opfer ganz offensichtlich an eine Frau erinnern wollen. Deshalb wollte ich von Gregson wissen, ob er in seinem Telegramm nach Cleveland auch um Auskunft über Drebbers Vorleben gebeten hatte. Nun ja, wir wissen, er hatte nicht.

Die genaue Durchsuchung des Zimmers bestätigte meine Annahme, daß der Mörder groß war, und erbrachte als weitere Spuren die Zigarrenasche und den Hinweis auf die langen Fingernägel des Mörders. Schon davor war ich sicher gewesen, daß er mit seinem eigenen Blut geschrieben hatte. Erstens fand sich überall dort Blut, wo er gegangen war, und zweitens ist allgemein bekannt, daß heftige Erregung Nasenbluten hervorrufen kann. Allerdings nur bei sehr vollblütigen Menschen. So wagte ich die Vermutung, daß der Verbrecher ein kräftiger, rotwangiger Mann sein müsse. Und ich habe, wie sich zeigte, recht gehabt.

Nachdem wir den Tatort verlassen hatten, holte ich nach, was Gregson versäumt hat. Ich telegrafierte an die Polizei nach Cleveland und bat um Auskunft über Drebbers Ehefrau. Die Antwort war aufschlußreich. Drebber hatte schon einmal um Polizeischutz gegen einen Nebenbuhler gebeten. Dieser Nebenbuhler hieß Jefferson Hope und befand sich zur Zeit irgendwo in Europa. Damit war alles klar, das heißt, ich hatte auch das Motiv, und es galt nur noch, den Mörder zu fangen.

Logische Überlegung sagte mir, daß es nur der Kutscher gewesen sein konnte, der mit Drebber ins Haus gegangen war. Nach den Spuren zu urteilen, war das Pferd ziellos auf der Straße hin und hergelaufen; es mußte also eine Zeitlang unbeaufsichtigt geblieben sein. Und wieso? Weil der Kutscher im Haus war. Außerdem, welcher normale Mensch begeht schon einen Mord, wenn ihm ein unbeteiligter Dritter dabei zuschauen könnte. Hinzu kam auch noch die Überlegung, daß die Rolle des Kutschers ideal ist, wenn man einen Mann in London verfolgen will, ohne bemerkt zu werden. Es blieb nur eine Schlußfolgerung: Ich mußte meinen Mann unter den Droschkenkutschern suchen.

Daß er inzwischen die Tätigkeit nicht mehr ausübte, war unwahrscheinlich. Im Gegenteil, von seinem Standpunkt aus mußte sofortiges Quittieren des Dienstes ihn nur verdächtig machen. Damit, daß er seinen Namen geändert hat, war nicht zu rechnen. Da ihn in Europa niemand kannte, bestand keinerlei Anlaß dafür. Also setzte ich meine Jungs auf Londons Fuhrunternehmer an, soweit sie in der Personenbeförderung tätig sind, damit sie mir meinen Mann aufstöberten. Sie haben miterlebt, wie schnell und mit welchem Erfolg das gelang.

Allerdings hatte ich nicht damit gerechnet, daß Jefferson Hope auch Stangerson umbringen würde. Ich wüßte auch nicht, wie ich es hätte verhindern sollen. Nun, dadurch kam ich, wie Sie wissen, in den Besitz der Pillen, mit denen ich fest gerechnet hatte. Sie sehen, eins folgt ganz logisch aus dem anderen; kein Glied der Gedankenkette fehlt oder ist brüchig.«

»Fantastisch!« rief ich. »Das muß die Öffentlichkeit erfahren. Es gehört in die Zeitung, wie Sie den Fall gelöst haben. Und wenn Sie's nicht tun, dann sorge ich dafür.«

»Tun Sie, was Sie nicht lassen können, Doktor.« Holmes lächelte ironisch. »Aber vielleicht schauen Sie sich vorher einmal das an.«

Er reichte mir die neueste Zeitung. Sie verbreitete sich über den Fall wie folgt:

›Jefferson Hope gestorben. Der plötzliche Tod des Angeklagten, den man des Mordes an Enoch J. Drebber und Joseph

Stangerson verdächtigt hatte, bringt die Öffentlichkeit um einen Prozeß, der interessant zu werden versprach. Damit wird man die Vorgeschichte der Tat wohl nie mehr in allen Einzelheiten erfahren. Man weiß nur, wie wir von gut unterrichteter Seite erfuhren, daß es um eine Frau ging und daß die ›Heiligen der letzten Tage‹ eine Rolle gespielt haben. Die Ermordeten sollen in ihren jüngeren Jahren Mormonen gewesen sein, und auch der verstorbene Angeklagte kam aus Salt Lake City. Nun, sei ihm, wie ihm sei. Ein Ergebnis hat der Fall trotzdem: Er hat gezeigt, wie tüchtig unsere Polizeidetektive sind und daß sich alle Fremden besser nicht britischen Boden aussuchen, wenn sie ihre Fehden ungestört austragen wollen. Es ist ein offenes Geheimnis, daß die Ergreifung des Verbrechers ganz ein Verdienst der beiden bekannt tüchtigen Detektive Lestrade und Gregson ist. Wie man hört, haben sie den Mann in der Wohnung eines gewissen Sherlock Holmes gefaßt, der sich selbst als Amateurdetektiv betätigt und auch schon Talent gezeigt hat. Mit Lehrmeistern wie Lestrade und Gregson wird er bald weitere Fortschritte machen.‹

»Na, was habe ich Ihnen gesagt?« lachte Holmes. »Die beiden können tun, was sie wollen, für ein unkritisches Publikum sind und bleiben sie die Größten!«

»Nicht mehr lange, dafür werde ich sorgen«, entgegnete ich. »Die Öffentlichkeit wird erfahren, wie es wirklich war – von mir!«